場所

フィクションのエル・ドラード

場所

マリオ・レブレーロ

寺尾隆吉 訳

Colección Eldorado
水声社

本書は、寺尾隆吉の編集による
〈フィクションのエル・ドラード〉の
一冊として刊行された。

場所★目次

第一部

1

完全な暗闇で私の目は見慣れたものを探し求めたが、いつもなら街灯か陽光がブラインド越しに落とす平行な光の筋が床の上に見当たらず、再び瞼が閉じた。目が覚めきらない。何の映像も夢も記憶に残っていないが、今こうして過去の自分を振り返ってみると、漆黒の物質の底に埋もれて、不安も人格も思考もなく、両腕をだらりと垂らしたまま、あてもなくさまよっていただけのように思われる。さらに後で、起床の指令。心の疼《うず》きとともに生命が動き始め、知りもしなければ覚えてもいない出口を探し始めたような感じだった。

催促の声は次第に切迫感を強め、今すぐここを出ねばならないことがわかった。そして道が上方へ、待望の表面へと続いていた。物質は幾層にも分かれており、上へ行くほど密度が低くなるので、みるみるうちに上昇スピードは上がった。やがて自分の体が斜めに水面の裏側に映り、頭を水から出して懸命に空気を吸い込んだ泳者のように、深く息をつきながら目を覚ました。

そして目は開いたが、当惑とともにまた閉じた。やがて眠気は収まり、頭もはっきりして、再び目を覚ました。

その時、いくつか気がついた。寒いこと、そこが私の寝室ではないこと、真っ暗闇でマットレスも毛布もないフローリングの上に寝ていること、外出用の服を着ていること。

いつもはものぐさな私も、この時ばかりは気力を振り絞る必要すらなかった。剝き出しの床の寝心地があまりに悪かったからだ。不機嫌に唸りながら体を起こすと、あちこち関節が鳴った。手足をさすってみる。咳が出る。湿った空気を吸った気管支がひゅうひゅう音を立て、喉が痛んだ。

何かないかと手探りするうちに、当然の疑問が頭に浮かんできた。いったいここはどこだろう、どうやってここまで来たのだろう。実際には、問いがこの形を取るまで少し時間がかかった。想像もつかない場所に自分がいるという事実が受け入れられず、必死に記憶を振り絞って、寝る前に見た最後の映像を掻き分けながら、きっと今に単純な説明ですべて丸く収まるだろうと高を括っていたのだ。パーティーで飲みすぎたとか、嵐に襲われて見知らぬ家へ逃げ込んだとか、何か奇妙ないきさつがあって余所《よそ》で寝たとか。それほど頻繁に起こるわけではないが、目を覚まして自分がどこにいるかわからなかったことはこれまでにもあった。そんな時でも、ベッドボードの刳形《くりがた》やカーテンの色を見れば、どんな場所にいるのか瞬時におおよその見当はついたし、そこから記憶をたどるのも容易だった。だが、今回ばかりは何の手掛りもなく、手掛りがないことも手掛りにはならなかった。

私の記憶は一つの些細な事実に執拗にこだわり続け、そこから先へ進もうとしなかった。ある晴れた秋の午後、私はバス停へ向かって通りを横切っていた。売店で煙草を買った後のことで、最後の一本に火を点けて空になった箱を丸めて通りに捨てたところだった。他にもバスを待つ人が二、三人はいた。夜はアナと映画へ行こうと考えていた。ここで記憶が途切れる。

両手が壁に当たり、壁伝いにゆっくり歩きながら、窓か電気のスイッチを探し始めた。ざらついた壁で、おそらく漆喰塗りだった。

何にも触れることなく隅まで着いた。次の壁に沿って手探りを続けると、しばらく進んだところで指がドアの木枠に触れ、次にドア板、そしてようやくノブが見つかった。

すぐドアを開けようとは思わなかった。出口が見つかってひと安心だが、そこから出ていいものか、不安が頭をよぎった。誰かが寝ているかもしれないし、間の悪いところへ踏み込むかもしれない。あるいは、姿を見られるのが自分にとって不都合かもしれない。再び記憶の糸を手繰ったが、ここがどこなのか、なぜここにいるのか、まったく何も思い出せなかった。頭がおかしくなりそうだった。何とか心を落ち着けようとした。もう少しこらえて記憶を振り絞ってもよかったのかもしれないが、生理的欲求が迫ってきた。空腹、寒さ、小便。そして骨が柔らかいものの上で休みたがっていた。煙草も吸いたかった。売店で買ったと思われる煙草が、まだ手つかずのままジャケットの内ポケットに入っていた。箱を空けて一本取り出し、口へ持っていったが、どうしてもライターが見つからなかった。慌ただしくノブを掴んで回した。まずドア板を押し、次に引っ張ってみたが、まったく動かなかった。鍵穴に目を近づけてみたが、何も見えなかった。急に怖くなってきた。再びノブを掴み、ドア板を揺すった。拳を叩きつけ、蹴飛ばしてみたが、どうにもならなかった。

自分の意図とは無関係に、喉からぜいぜい音が出ているのがわかった。拳を固めて顎を引き、体が震えるのを感じながら、そのまま壁伝いに手探りを続けることにして、両腕を広げたまま足を引きずった。

また別の壁に辿り着いたが、指に伝わるこの壁の感触も、部屋の他の部分と同じく、まったく空虚だった。

その間、記憶は勝手に働き続けていた。最後の場面の細部が明らかになってきた。売店の男の顔、垂れ下がった髭、潤んだ青い目。角の近くに木があり、乾いた葉が金色に輝いている。枝から一枚葉っぱが剝がれ、はらはらと落ちていく様子が、通りを横切る私の目にとまる。バス停で待つ人の数は正確には三人、うち二人は女（二人とも背中向きで、一人は栗色のコート、もう一人は赤いジャケットを着ている）、そして小柄な男が木にもたれかかり、片足を地面について、もう一方の足を木に預けている。

また部屋の隅に辿り着き、そのすぐ近く、どうやらさっきのドアの真向かいあたりに、もう一つドアがあった。手の震えをこらえてノブを回し、ドア板を押してみると、今度は簡単に開いた。目の前にはまたもや暗闇が広がっていた。

2

やがて確かめられたかぎりでは、その部屋は前の部屋を寸分たがわず反復していた。同じ暗闇、同じ寒さ、同じ広さ、そして、がらんどうで静まり返っているところもまったく同じだった。入ったドアの真向かいにやはり別のドアがあり、第三の暗室に続いていることがわかると、もはや私は完全に当惑と恐怖の虜になった。

目の前のドアが開いているのを見て、私はしばらくその場に立ちつくし、やがて足元から崩れ落ちた。床にへたり込むと、頭のなかでとめどなく嵐が吹き荒れた。止まることのない震えに苛まれた体を丸めて嗚咽にむせびながら、どれほどの間そこに倒れていたのか、今となってはわからない。

もはや理解力も記憶も捨てていた。どこか安全な場所、快適な場所を見つけて毛布をかぶり、夢にでも狂気にでも浸っていたい、願うはそれだけだった。しかし、過酷な条件をつきつける現実を前に、私の脳は長い爆発に最後まで耐え抜き、精神的疲弊が落ち着きに、いや、むしろ無感覚に姿を変えたところで、また先へ進むことにした。他に選択肢はない。他に道があれば、どんなものにでもすがりついたことだろう。だが、生理的欲求に衝き動かされた状態でできることといえば、体を起こして服の埃を払い、自分に向けて希望と慰めの言葉をかけることだけだ。同時に、次から次へと湧き上がる疑問はすべて押しとどめ、今にきっとすべてが解き明かされるはずだと自分に言い聞かせた。

同じく入念に次の部屋も調べてみた。小休止して、隅で壁に小便した。荒っぽく生理的必要を満たしたおかげで、気分がよくなってきた。

火を点けぬまま口にくわえていた煙草がいつの間にかなくなっていることに気づき、もう一本取り出して口の端に差した。機械的に手が再びポケットへ伸びてライターを探ったが、徒労に終わり、それどころか、時計までなくなっていることがわかった。身分証明書等の入った財布はジャケットの内ポケットに残っており、金品が奪われた形跡はなかった。

身動きはずっと楽になり、部屋は真四角、あるいはほぼ真四角、壁の長さは三メートル余りだろうと見当をつけた。やはり窓も電気のスイッチも家具もなく、あるものといえば、入ってきたドア、そして出ていくためのドアだけだった。

そして四番目、五番目、六番目の部屋に入り、やがて何番目かわからなくなった。幸い、爆発の後に得た無感覚な落ち着きが続いており、まるで自分と無関係な日課でもこなすように、的確な判断ができた。様々な感情が行き交ったが、ぼんやり見つめてやりすごすだけで、脳が積極的に動き出すことはなかった。アナのことが頭に浮かんだときは、さすがに弱気になり、冷静さを保つのが難しかった。だが、他に道はなく、弱気になればそれこそ完全にアナを失う羽目になりかねないことがなんとなくわかっていた。そして、なんとか心を落ち着け、アナの姿が脳裏に浮かんでも、不安を振り払うよう努めた。とはいえ、こんな安定はいつ崩れてもおかしくなかった。この場所は果てしなく続くようだったし、相変わらず空腹と喫煙欲に苛まれ続けていた。しかも、最後の扉が閉ざされた瞬間に私の頭脳が停止することは確実だった。

暗室がいくつ続いたのかも、どのくらい探険を続けていたのかもわからない。十以下でも二十以上でもない気はするし、数時間、少なくとも三、四時間は歩き続けたと思うが、確信は持てず、まったく違う数字かもしれない。

次第に足取りは軽くなったが、次は何にぶちあたることかと不安は消えなかった。そのせいでかつて経験したことのない歩き方、ダンサーのような、軽やかでいて慎重な動作をとることになった。そして、動いているうちに体は温まり、問題の一つを克服することができた。口に挟んだ煙草は湿り、捨ててはまたくわえを繰り返さねばならなかった。空腹のせいで口には唾液が溢れていた。

部屋の一つで、大きな落胆を味わった。入ってみると、うっかりか、反射的行為か、後ろ手にドアを閉めてしまったのだ。ヘマをやらかしたと思って即座にドアを開けようとしたが、無駄な努力だった。

その部屋から出ると、今度はわざと同じヘマを繰り返した。やはりその後ドアを開けることはできなかった。結論は明らかで、どんな仕組みなのかはともかく、これまで辿ってきた方向にしか進むことはできないのだ。後戻りする気などまったくなかったが、それでも、前にしか進めないと考えると恐ろしかった。そこから先は、ドアを閉めないよう細心の注意を払った。とはいえ、すでに二つの部屋のドアを閉めてしまったことを振り返ると、重要なものを失ったような気がしてならなかった。

やがて無感覚が別の感覚に変わった。表面的な動きは変わらなかったと思うが、悲しみか憂鬱に染まった疲労感に襲われ、麻酔でもかけられたように体全体が麻痺したのだ。無感覚のほうがまだましだった。この新たな精神状態は不快で、すぐに気分が悪くなり、行動にも悪影響が出そうだった。

幸い、すぐに状況は変わった。新たな部屋へ入るや否や、正面のドア（すでにこの時点で、部屋を捜索するときはこれを出口と呼び、次の部屋に移った瞬間に入り口と呼ぶようになっていた）からかすかな細い光の線が漏れていることに気づいたのだ。

3

気後れして私は立ち止まり、部屋へ勇み込むのはやめて、拳でドアをノックしてみることにした。向こう側から、椅子を動かしたような、出し抜けに椅子から立ち上がったような、そんな短い音が聞こえた。少し待ってみたが、返事がないのでもう一度ノックした。

今度はためらいがちな重い足音がドアに近づき、そこで立ち止まった。喘息のような神経質な息遣いが聞こえてきた。数分過ぎたが、見知らぬ男は荒々しく息をつくだけで、じっと立っている以外のことを始める気配はなかった。

そこまで丁重になる必要はなかったと思って、数センチほどドアを開けて、部屋のなかを覗き込んでみた。頼りない剝き出しの電球がひとつ、天井の真ん中からコードに吊るされ、どうやらそれまでの暗室と同じ広さの部屋を照らしていた。他にもいろいろ物があり、視野は狭かったが、反対側の壁に寄せられた台所用の小テーブルと、その上に載った二、三枚の皿や道具類が見えた。皿に食事が盛られているのがわかって、またもや口に唾液が溢れた。

昔ながらの石油ストーブが置かれていたせいで、部屋の空気は温かく、よく見ると、そのすぐ脇、部屋のちょうど真ん中、電球の真下あたりに揺り椅子があった。テーブルの上には、壁に貼りつくようにして四角い棚が置かれていたが、緑っぽいカーテンに隠れて中までは見えなかった。

もう少しドア板を押してみた。ずっとそこに立っていた男は、爪先にドア板があたるのを感じて二歩ほど後ろへ下がるしかなかった。妙な男だった。大変な肥満体だが、背は普通より際立って低い。大きな丸眼鏡をかけていたほか、最も人目を引くのはその服であり、大きすぎてだぶだぶのせいで、まるでピエロのように見える。その態度も小男の滑稽さを際立たせるばかりで、明らかに私の登場に動揺したらしく、じっとこちらを見つめながらもったいぶって威厳を見せつけようとしていた。

私が一歩前へ進み出ると、小男は懸命にその場に踏みとどまった。瞼など顔の筋肉が引き締まったが、じっと直立不動の姿勢を崩さなかった。こちらから愛想よく微笑みかけ、挨拶の言葉を口にしたが、相手の態度は変わらなかった。

私はもう一歩前進し、完全に部屋へ入ったところで周りを見渡した。最初に目に入ったのは、どうやら小男の妻らしい女であり、小男と同じく、齢は五十歳くらいに見えた。私の左手、左側の壁と

「入り口」のドアに挟まれた隅を隠す屏風の脇で、女は椅子に座って編み物をしていた。

女は目を落として作業に没頭しており、周りの出来事にまったく無関心らしかった。だが、時々視線を上げてこちらを窺っており、実は彼女も怖がっているのだとすぐにわかった。

女の背後あたりで左側の壁に寄せられていたベッドは、ダブルまではいかないが、シングルよりは大きかった。ベッドとキッチンテーブルの間には、「出口」のドアのある壁に寄せて簡易コンロが置かれていた。他の家具や装飾品については何も覚えていない。すぐに私の目は、食事の盛られた皿にとまった。小片に切り分けられた肉、それにパンとチーズがあり、あまりおいしそうではないリンゴも二つあった。

私は自分の置かれている状況について滔々《とうとう》と話し出した。少し経つと、小男の筋肉が少し緩んだように見え、女はあけすけに私を観察していた。首尾上々と見て嬉しくなった私は、そのままもう少し話を続け、最後に、食事の相伴に与りたいと訴えた。

小男は数分間じっと黙っていた後、ようやく咳払いをして口を開き、やがてまた閉じた。再び咳払いをして、ようやく何か言ったが、私にはその意味がわからなかった。

私は顔に問いを浮かべて相手を見た。小男は同じ言葉を繰り返したが、それは私の知らない言語だった。そこで私は、こちらの真意が伝わったのか訊いてみた。答えの代わりに小男は肩をすくめ、空っぽの両手を開いて見せた。

何とか会話を成立させようと頑張ってみたものの、相変わらず夫婦は恐怖を拭えずにいるらしく、無関心か空威張りの態度で外見を取り繕っていた。二人は状況を注視し、どちらもじっと同じ場所を動かなかった。私が一刻も早くそこから立ち去るよう望んでいるのは明らかだった。私の置かれた状態は、ホテル内で迷った挙げ句、見知らぬ人の部屋へ踏み込んだ宿泊客と同じだった。もちろん詫びの言葉を告げてさっさと立ち去るべきだったのだろうが、事は私にとってそれほど容易ではなかった。

私はそこが本当にホテルではないかと思った。それならいろいろなことに説明がつく。とはいえ、残念ながらそれですべて納得というわけにもいかない。どうやってここまで来たのか、なぜ一方向にしか進めないのか、なぜ通路ではなく部屋へ押し入りながら進まねばならないのか。だが、あれこれ考えている場合ではなかった。別の言葉で話してみた。まず英語、次にフランス語、かなりカタコトのドイツ語、もっとカタコトのロシア語。だが、小男は首を横に振るばかりだった。その後、前よりもう少し長い言葉を発した。

相手方が恐怖のあまり暴力的な反応を示すことのないよう、私は慎重に少しずつテーブルへ近づいていった。テーブル脇に来たところで、小男のほうを見ながら食べ物の載った皿を指差し、次にお腹を指差した。小男は肩をすくめるばかりだった。私は女のほうを見たが、そこに反対の印は見て取れなかった。ずっと同じ表情で、不安そうに様子を窺っている。そこで私は冷めた肉の一切れに手を伸ばし、口へ持っていった。さらに、今度はパンとともにもう一切れ。そうこうするうちに、肉の半分、パンとチーズの大部分を平らげてしまった。

その後、私はどうしたらいいかわからなくなった。ベッドに身を投げて休みたいところだったが、夫婦は相変わらずその場にじっと身を固め、親切心のかけらも見せてはくれない。それどころか、不機嫌な様子だった。最初から相手の恐怖心につけこんでいればもっと好都合な展開があったかもしれない、そんな考えが頭をよぎったが、今さら後の祭りで、すでに両者の力は拮抗している。すぐに追い出されそうにはなかったが、ここで休ませてくれと頼むにはもはや遅すぎた。

私はその場で瞬時にどちらのドアへ進むべきか考えた。入ってきたドアから出ていっても、得るものは何もない。暗闇と寒さへ逆戻りだ。だが、利点もある。お腹が空いたらまた戻って来ることができる。「出口」から出てしまえば、すぐに小男がドアを閉めるだろうし、後戻りは不可能になる。だが、結論はすぐに出た。同じ場所へ戻る意味はない。私にとって最大の関心事は、食事ではなく、すでに随分無駄骨を折らされたこの場所から脱出することだ。

私は出口のドアへ歩み寄り、注意深く開けてみると、向こう側にも光が見えた。半分だけドアを開けた状態で中を覗いてみた。がらんどうではなく、こちら側とほぼ同じものが置かれていたが、人気はなかった。テーブルの上には食事を盛った皿があった。

これに勇気づけられてもう数歩踏み込んでみた。背後ですぐに大きな音が聞こえ、ドアが荒々しく閉められたのがわかった。小男が決然と行動に出たのだ。もうこれで後戻りはできない。

それでも一応ノブを握って、押したり引いたりしてみたが、予想通り、まったく無駄だった。ドアを拳で殴りつけ、おかしな服の小男とその妻に向けて悪態の言葉を浴びせた。返事はなかった。

意気消沈して部屋を見渡してみた。せっかく明かりがあるのだから、部屋を詳しく調べてみるべきだと思ったが、そんな気力はなかった。ほとんど無意識のまま私は上着を脱ぎ、前の部屋と同じく、左側の壁に寄せられていたベッドに潜り込んだ。数秒だけ、電気を消すべきか考えた。スイッチがどこにあるかはわからなかったが、電球を外すことはできるだろう。つけっぱなしの石油ストーブが危ないことにも気がついた。壁のほうへ寝返りをうってそんな心配事にけりをつけると、即座に私は眠りに落ちた。

4

どうやら、眠っている間にも、このすべてが悪夢であればいいのになどと願うこともなかったらしい。目が覚めたときも、これが悪夢とは違うものだとはっきりわかっていた。だからといって、気分がよくなるわけでもなければ、最初からずっと続いていた当惑が収まるわけでもなかった。それどころか、やっと一応は快適な場所を得て、生理的圧迫から解放されてみると、殺到する問いに答えようと無駄な努力を重ねるばかりで、今にも絶望してしまいそうだった。問題は何点かにまとめられるだろう。バスを待つ間に何が起こったのか、誰に、なぜここまで連れて来られたのか、ここはいったいどんな場所なのか、そして最も重要なのは、どうすればここから出られるのか。随分長い間ベッドで寝返りをうっていた後でようやく起き出すと、頭であれこれ考えても答えは出てこないし、何の解決にもならない、そう思い直した。

目星をつけていたとおり、屏風の後ろに回ると、壁から数センチ突き出て走る水道管の先に蛇口がついており、そこに据えられたトタン製の器具はどうやら衛生用らしかった。タオルはなく、ハンカチで手と顔を拭いた。鏡はなかった。

手で顔に触れてみると、少し髭が伸びているだけだった。この感じでは、この場所に来てからそれほど時間は経っていないはずで、せいぜい二十四時間、三十六時間だろう。誰かが髭を剃ってくれたとすれば、それはそれでもっと不思議な話だ。

上着を着て、ざっと部屋を調べてみた。夫婦の部屋とほとんどまったく同じで、細部が違うだけのようだった。ベッドはシングル、普通の椅子はなく、揺り椅子が一つ、少量の食事。テーブルの上にマッチ箱があり、かなり中身が詰まっていた。すぐ煙草に火を点け、揺り椅子に腰掛けた。

衛生設備を隠す屏風には布が張られており、剝げたような色で同じ花の絵がいくつもプリントされていた。煙草を吸いながらこの花を眺めていると、どこかで見覚えがあるような気がしたが、具体的な記憶とはまったく結びつかなかった。

壁には、気を滅入らせるような明るい黄色の漆喰が塗られていた。二つのドア板はいずれもまばゆい青色で、重すぎる感じがした。それほど高くない天井には、古い家で見た記憶のある花型の刳形が施されており、私の考えでは高い天井にこそ似つかわしいそんな模様を見ていると、不快な気分になった。やがて、こんなものをいつまで見ていても時間の無駄だと思いついた。

立ち上がって出口を開け、次の部屋を覗いてみた。これも似たような部屋で、人気もなかった。一目見ただけで、いくつか違いがあることがわかった。椅子が二脚、ベッドはもっと大きく、色々なものが置かれていた。ドアを閉めて揺り椅子に戻ると、すでに以前からうごめき始めていた考えが次第にはっきりした形になった。ここが私にあてがわれた部屋なのだ。

少なくともここは一人用の部屋だった。隣の部屋は必要以上に物が多い。

そう考えると、ますます居心地が悪くなった。

吸殻を床に捨て、再び立ち上がった。部屋の隅々、物の一つひとつを調べていった。棚のカーテンの後ろには、食べ物を盛った食器と食料の箱があった。他にめぼしいものは何もない。何か結論が引き出せるわけではないし、手掛かりが見つかったわけでもない。

これまで時には望むこともあったタダ飯、タダ住まいが本当に手に入ったのかもしれなかった。思わず笑みが漏れた。いずれにせよ、このままここにとどまるとなれば、なにがしかの形で対価を払わねばならないのだろう。この世にタダで手に入るものなどない、そんなことはもうずっと前からわかっていた。ここにとどまってみようかと考える自分に、またもや笑みが漏れた。それでも、いったい何がおかしいのだろう、ここにとどまる可能性を無下に撥ねつけるほどの何かが私の生活にあるだろうか、などと自問自答せずにはいられなかった。

「アナだ」私は大きな声で答えた。その何かとはアナなのだ。公園、海、友人たち、おそらく他にもいくつかあるだろう。だが、そのすべてを足してもアナには及ばない。彼女も一つの可能性にすぎないのかもしれないが。

我々二人の関係はまだはっきり定まっていなかった。前日、あるいは前日と思しき日の午後、彼女と映画に行く予定だったことを思い出した。一応は彼女も了解してくれていた。最初は渋っていたが、了解をもらったことで、大きな一歩を踏み出したような気になっていた。

それなのに、今私はそんな話とは縁もゆかりもないこの部屋にいる。あれこれ考えていると、気が滅入ってきた。機械的にマッチ箱をポケットにしまい、冷めた肉の載った皿に指を伸ばした。気がつくと、また顎が引き締まり、激しい怒りが込み上げてきた。出ていくことにした。

突如電球が点滅した。

電動式の時計も止まるほど長い点滅だった。何かの知らせかもしれなかった。もうすぐ完全な停電になるような気がした。

口いっぱいに食べ物を頬張り、噛みしめて飲み込んだ。また煙草に火を点けた。すぐに本当に停電になり、部屋は真っ暗闇に包まれた。

手探りで出口のドアまで進み、開けてみると、隣の部屋にも明かりはなかった。後退し、悪あがきにすぎないことも忘れて夫婦の部屋のドアを開けようとした。いずれにしても、ドアの下から光は漏れていなかった。

再びベッドで横になるしかないようだった。大声で悪態をついた。さっき起きたばかりで、やっと前進する気力を回復したところだったというのに。

数分待ってから、ようやくベッドに入った。怒りにまかせて最後に数回煙草をふかし、床で踏み潰した。しばらく大声で唸りながら、誰に向けて放っているのかもわからぬまま、悪態のレパートリーを探り続けた。

そして、それまでまったく眠気など感じていなかったのに、あっという間に眠りに落ちた。

5

もう少し後になって、この停電には日の入りと同じ意味があることがわかった。目を覚ますと、再び電気が点いており、あの場所での二日目が始まった。

また顔と手を洗い、咳をして唾を吐き、小便をすませた。髪を梳かすのはやめた。また腹が減っていることに気がついた。テーブルに着くと、驚いたことに、皿いっぱいに肉が盛られていた。しかも、初めて見つけたものがあった。コーヒー用の鍋だ。まずコーヒーを飲むことにして、マッチでガスコンロに火を点け、鍋をかけた。

食事の出現は謎だった。寝ている間に誰かが部屋に入ったとしか考えられない。その人物に不意打ちを食わせてやれば面白いだろうと思った。目論見を遂げるまで決して眠るまいと自分に言い聞かせた。私の身に起こっていたことに何か意味があるのなら、その人物からヒントを聞き出せるかもしれない。だが、その人物は敵にちがいなかった。

出来上がったコーヒーをカップに注いで砂糖を加え、ゆっくり飲み始めた。煙草に火を点けた。特に意味もなくぼんやり部屋を見渡し、隣の部屋へ移った。

ものぐさに部屋を調べ始めた。私の内部で何かが狂っているように感じられた。それでも作業を続けたが、成果はなく、そのまま次の部屋へ移った。

やはり人影はなく、備品が少しだけ変わっていた。一人用の部屋らしく、直前の部屋より睡眠をとった部屋に近かった。

自分の内側から異常を知らせるサインが送られ続けていた。屏風の後ろを調べ、棚のカーテンを開けたが、新しい発見といえば、壁に掛けられた小さな絵だけだった（本物のスケッチか複製かはわからないが、そこらの雑誌でよく見る複製のように、これまで見てきたのと似た部屋を描き出していた）。

突如苦悩が溢れ出してきた。体を締めつけられ、怒りと脱力感にとりつかれたような気分だった。アナとの約束を思い出し、この予期も望みもせぬ、説明もつかぬ事態を前に、俄かに絶望が押し寄せてくるのを感じた。

自分のしていることが馬鹿らしくなってきた。次の部屋へ駆け込み、そしてまた次の部屋、そんなふうに次から次へと台風のように人気のない部屋を駆け巡った末、どれもこれも似たり寄ったりの部屋の一つで、再び人間に出くわした。

私は当惑した。竜巻のように勇んで部屋へ入ると、見知らぬ男――小柄で肥満体、前の小男と同じくらい奇抜な格好をしていたが、同一人物ではなかった――が椅子から跳ね起き、私の目の前、二、三歩のところで当惑して固まった。一瞬前まで揺り椅子に座って穏やかな、呆けたような表情をしていたはずの女が、小さな叫び声を押し殺し、手を喉へ持っていった。目を大きく見開いている。

「失礼しました」と言う私の声には怒りが溢れていた。「好きでこんなところにいるわけではありません。私の言うことなど何もわからないとは思いますが」

この質問調に対し、二人はただ首を横に振るだけだった。

「それでは、さようなら」私は言って、逃走のリズムに戻った。出口のドアをくぐると、またもや人気のない部屋だった。もう一つ人気のない部屋。さっき人と出くわしたせいで、部屋から部屋へ移るときには、面倒な事態を起こさぬよう、もう少し慎重になる。だが、内側からは怒りが込み上げ、どうしても動作が荒っぽくなった。

今度は家族に出くわした。夫婦と少年二人。全員に軽くお辞儀だけして部屋を通過し、驚きの表情だけを後に残して立ち去る。

人のいない部屋がさらにいくつか、様々な構成の家族がいくつか。私に声をかける者がいたが、当然ながら何もわからない。それでも私は立ち止まった。それまで見てきた者たちと較べて、何か際立った特徴があるわけではない。ただ、鷹揚そうな、ほとんど知的とすら言える顔つきが見て取れた。女は、何の家事なのか、テーブルの上の物をいじっており、私が踏み込んでいっても、作業の手を止めることすらしなかった。

男は再び私に言葉を向け、その話しぶりはやはり優しかった。私は微笑み、何もわからないことを伝えた。

男は申し訳なさそうに何度も首を振り、私がそのまま通り過ぎようとすると、引き止める仕草をしているようだった。そして、何か問題でも抱えているように、目尻で女の様子を窺った。また私を見つめた。私と一緒に逃げるべきか、そこにとどまるべきか、悩んでいる様子だった。こんな道連れがいても何の得にもならないことは明らかだった。理由はよくわからないが、とにかく最初から、ここにいる人々に対しては、憎念のような、いや、むしろ軽蔑のような感情を禁じ得なかった。決断の時間を与えぬよう、私は別れの言葉を呟いてそそくさと部屋を辞去した。次の部屋には人気がなく、少し待ってみたが、男がついてくる様子はなかった。

私のスピードは目に見えて落ちていった。肉体的に疲れていたこともあるが、怒りとともに私を前へ押していた苦悩が、移動や新たな出会い、そして出口のない探求の虚しさに直面して次第に薄れていたからだ。代わりに、諦めの境地にも似た別の苦悩が私にとりつき、疑念と絡み合って私の動きを止めた。何か別の手を考えるべき時が来ていた。闇雲に逃げ出そうとするより、前のように一つひとつ部屋を丹念に調べるほうがいいように思えてきた。いずれにしても徒労に終わるかもしれないが、次の部屋に外への出口が隠れている可能性も完全には否定できない。

それに、簡単に出口が見つかりそうにないことは直感的にわかっていた。どうやってこの場所まで来たかは不明だが、ここにいるのは偶然ではないはずであり、だとすれば、偶然ここから出られるはずはない。とはいえ、部屋をいちいち調べる気にもならなかった。空いている部屋の一つに腰を据えてしばらく休み、心を落ち着かせたほうがいいのではないかとも思ったが、不安でおちおち休んでいられそうもなかった。

こんなことを考えながらも、普通のスピードに戻って相変わらず前進を続け、もはや目に入るものにもほとんど注意を払わなくなっていた。一つの家族を見つけてから別の家族を見つけるまで、かなりの数の空き部屋を通り過ぎねばならなかったはずだ。だが、進み続けるうちに、人のいる部屋の頻度が高まっていくのがわかった。人のいる部屋では、必ず何かちょっとした事件が起こる。どうやら、こんなふうに部屋から部屋へと移動するのは普通ではないらしく、それどころか、尋常でない出来事、おそらく前代未聞の出来事らしかった。どこへ行っても共通するのは驚き、そしてしばしばこれに加わるのが恐怖だった。

まったく冷淡な反応しか示さなかったのは一人だけだった。どうやら特別仕様だったらしいある部屋で、男が一人、揺り椅子に座って本を読んでおり、一瞬ちらりと目を上げただけで、私が出口のドアを開ける頃にはすでに読書に戻っていた。おかげで私は不思議な恨みを抱いた。

例の点滅とともに照明が消えると、誰が食事を持ってくるのか突き止めるためにずっと起きていようと自分に言い聞かせたことも忘れて、さっさと眠りに落ちた。

6

長く複雑な夢だった。疲労困憊で目を覚ましたが、映像はまったく思い出せなかった。何か構図のようなもの、三つか四つの声が飛び交う会話か議論があり、事はなかなか進まず、誰かが頻りに話を蒸し返そうとする、そんな感じ。懐中電灯で顔を照らされたような気がしたことも覚えていたが、それが夢だったのか、実際に起こったのかはわからなかった。誰が食べ物を持ってくるか気になっていたせいで、目を覚ましてどんな夢だったか思い出そうとする際に、ありもしないイメージをでっち上げたのかもしれない。

しかも気分が塞いでいた。頭をすっきりさせることができなかった。長い間ベッドにとどまり続け、最後にはベッドが窮屈になった。起き出して服を着たが、また横になって目を閉じた。眠ったわけではなかったが、日常生活の光景を思い起こしながら、少し頭を休めようと思った。再びアナが現れたが、それは、他の映像を振り払うようにして意図的に思い出そうとした結果かもしれなかった。実際のところ、今進行しつつある事態への不安が強すぎて、答えられもしない質問で自分を苦しめるばかりだったのだ。とはいえ、たとえ五里霧中の状態でも、何か具体的な手を打たねばならないとは感じていた。今見えている以上のものが見えてくるにちがいない、今思いつく以上のことができるにちがいない、そんな予感があった。それまでの二日間は感情まかせに動くばかりだった。今度は理性に従って行動すべきなのだ。

だが、私の脳は倦怠に囚われ、ゆっくりとしか働かなかった。しかも、参照可能なデータが少なすぎた。思いつくことといえば、二つのうちどちらを選ぶか、すなわち、徹底的に調べるか、闇雲に唯一行ける方向へ進み続けるか、その選択だけだった。

第三の道を思いつくにはしばらく努力が必要だった。すなわち、二つの可能性を組み合わせて、手短に部屋を調べながら前進するという選択肢。

やがて私は、計画を練ったうえでそれに沿って行動すべきだと思いついた。これまで見てきたことをリストにし、重要性があると思われる部分に注意を向ける。だが、即座にこれは厄介すぎる作業に思われ、事実、自分には理性的に行動する気など微塵もなかった。すぐに気づいたとおり、それまで私は理性的に行動したことがなかった。いつも理性より感情に従って生きてきたし、それを変えるすべがないのはもちろん、心の奥では変える必要がないと思っていたのだ。

そう悟ると心はますます塞ぎ、陰鬱な思いに囚われた。これまでずっとうすうす感づいていた自分の欠点が容赦ない視線に晒され、いつになくこれを厳しく吟味せねばならなくなった。こうした突飛な状況で自分が無力なのは、かなりの程度まで、日常的な出来事に対してもやはり無力だからなのだ。ただ、日常生活においては、毎日様々な事態が複雑に絡み合う世界に身を置いているおかげで、うまく無能を取り繕うことが可能なのだ。

それにひきかえ、ここではすべてが単純明快で、選択肢も少なく、嘆かわしいまでの無能さが明らかになる。友人の誰でもいい、他の誰かが同じ状況に置かれたとすれば、私よりずっと要領よく、迅速に行動していたことだろう。壁のほうへ寝返りをうち、枕で頭を覆ったが、眠ることもできなければ、頭を鎮めることもできなかった。その後ようやく起き上がってパンとチーズを食べ、鍋で沸かしたコーヒーを飲んだ。

箱から煙草を取り出して火を点けていると、ベッドの上方の棚に、他の物と並んで、本が何冊か置いてあるのに目がとまった。他はありふれた装飾品にすぎない。本を手に取り、揺り椅子に座ってページをめくり始めた。

灰色の表紙にタイトルだけが書かれており、挿絵などはない。中を見ると、ほとんど余白もなく字だけでぎっしり埋め尽くされており、最初から最後まで、白紙は一ページもなかった。大半は我々のアルファベットと同じ文字だったが、なかには見たこともない文字があった。一つの単語内にいくつも子音が連続することがあり、何について書かれた本なのかわからないのはもちろん、知っている単語の一つすら見つけることができなかった。その点では、棚に並んだ四冊ともまったく同じだった。

黄色っぽい紙と印字を見れば、西暦九〇〇年頃に印刷された古書のようだった。本を見つけたからといって何を期待したわけでもないが、私はがっかりして本を棚に戻した。

吸殻を床に捨て、あてもなく部屋をうろついてみた。そして忘れ物がないか確かめでもするように服のポケットを調べ、次の部屋へ移った。

私の歩みはのろく、成果にも乏しかった。曖昧だった。人のいる部屋、いない部屋をいくつか通過した後、悲しみも喜びもなく一日が終わった。ただ、人のいない部屋は少なくなり、また、家族の数は増えているような気がした。

その後の数日間は、同じような陰鬱に沈んだまま、同じ印象を新たにするとともに、一部の例外を除いて、部屋も人も貧相になっていくことに気がついた。壁は湿気のせいで漆喰が剝げ落ちた部分が目立ち、人々の着衣はくたびれ、それと比例するようにして、男も女も、そしてとりわけ若者が攻撃的になった。

とりたてて暴力的な事件が起こったわけではなかったが、いつも私は白い目で見られ、多くの場合その視線にはあけすけな憎悪が感じられた。大家族の場合は、息子たちの攻撃性を頼もしく感じる両親もいたようだが、概して年配の人々は相変わらず恐怖に囚われていた。

この間、私は一つの思いつきに執着し続けた。夜ずっと目を覚まして、食事を運んでくるのが誰か突き止めることだ。

だが、事のなりゆきはいつも同じで、電気が消えて、頭を枕にもたせかけると、わずか数分で深い眠りに落ちてしまう。何らかの方法で睡眠への誘導が行われているとしか思えない。食事に睡眠導入剤が入っているかもしれないので、一日断食してみようかとも思ったが、そんな気力はなかった。

だが、電気が消えた後もベッドに入らなかったことが一度だけあった。部屋を歩き始めたが、それでもやはり睡魔は訪れ、翌朝、揺り椅子に座った状態で目を覚ました。

何か計画を練らねばならない、意志を固めてそれを実行に移さねばならない、とも思ったが、感覚が麻痺したまま時が過ぎ、結局何もしなかった。とはいえ、その間もずっと自問自答を続け、過剰な想像力だけが膨らんだ。結果は、答えのない問いの数が増えただけで、その頃から私は短いメモを取るようになった。

何か薬を仕込まれているという疑念はやがて確信になった。いつもなかなか目が覚めず、頭がすっきりすることはまったくなかった。電気が普段より早く消えたように思われることもしばしばあり、実は同じ毎日の繰り返しではないらしかった。

この不当な、日々窮屈さを増す制度の奴隷になったような気分だった。眠りは日々不穏になった。

この期間を通して、一つの夢が何度も繰り返されているような気がしていた。私が容疑者として裁判にかけられる夢だ。目が覚めるとはっきりしたことは何も思い出せないが、がっしりした体格の男たちが「私の不祥事」をめぐって延々と議論を交わす――容疑者の私は蚊帳の外――場面がぼんやり頭に残っているような気がした。私はその場にいるのに、尋問されることもなければ指差されることもなく、弁明の機会は与えられない。人々にとって私は、議論のテーマであっても存在しないらしい。だが、言葉は思い出せないが、誰かが私を弁護し（冷静なよそよそしい口調）、誰かが私を糾弾している（同じく冷静な口調）。何人もの男が私というテーマをめぐって議論し、合意に至ろうとしている、そう言ったほうがいいかもしれない。誰も自分の意見を押し通そうとはせず、ただ真実を追い求め、正義の振る舞いに徹しようとしている。

結論は決してわからなかったし、そもそも結論など出なかったのかもしれない。私にわかることといえば、この夢を見た後はいつにない疲労感とともに目を覚まし、何か本当の事件に巻き込まれたような感覚が頭に残る、それだけだった。

目が覚めた後まで残る記憶が乏しいうえに曖昧なのは残念だった。すでに気づいていたが、夢は昼間の行動にも悪影響を及ぼし、倦怠を引き起こしていたのだ。

また、眠っている間に、光に喉を塞がれるような感覚に囚われることもしばしばあった。

こんなことが重なって、私は少しずつ弱っていった。何か違うことをしなければならないとは感じていたし、いくつか方向性は見えていたものの、一歩踏み出す気力に欠けていた。

相変わらず一方向にだけゆっくり進んでいるうちに時は過ぎ、目の前に何か変化が見えると――みすぼらしさ、住人の数――、今に外的な変化が現れて、その圧力で方向転換を余儀なくされることだろうと考えた。

そして間もなく、新たな事態が本当に生じた。

7

とある部屋にとどまってしばらく休むことにした。行動の仕方を変える前に心の準備をしておきたかったし、人のいない静かな部屋を見つけたので、いい機会だと思ったからだ。もはや空き部屋は少なくなっており、空いていたとしても、すでに荒らされた後だったり（若者たちが隣接する部屋に入り込むことがあるらしく、ストーブのような生活必需品がなくなっていたりする）、隣人がうるさかったりということがしばしばだった。

すでに、ストーブのない部屋で冷たく湿った空気を吸いながら夜を過ごしたことも、隣の部屋からひっきりなしに聞こえてくる大音響に悩まされながら昼を過ごしたこともあり、一日いい部屋が見つからなかったらどうしよう、迷惑な奴らの隣で寝ることになったらどうしよう、そんな不安を植えつけられていた。そうこうするうちに、両隣が空き部屋でストーブその他の備品すべてが揃った静かな部屋に行き当たり、しばらくここで休んだほうがいいと判断したのだ。

一日静かに過ごすと、だいぶ気分がよくなった。他の部屋で入手しておいた鉛筆と紙でメモを再開し、かなり長く詳細な記録を残しておいたおかげで、後にこの体験を正確に再現する助けになった。メモには、なぜ、どうやって私がここまで来たのか、この問いに関する少々凝りすぎた仮説もあり、また、この場所がどんな形状なのか——随分以前から気になっていた——解き明かそうと試みたスケッチも含まれている（単純に考えれば、直線状に部屋が並んでいるはずだが、壁に少々角度がついていたとしてもまったく気づくまいし、円形その他であっても不思議ではなかった。そう考えると、このまま進むうちに、どこかの時点で最初の部屋、暗闇に包まれたあのがらんどうの部屋へ戻ってしまいそうな気がして不安になった）。

薬を仕込むなら肉だろうと思って、その日は肉を抜き、チーズとパンと果物で簡単に食事をすませた。二日目もほぼ同じことを繰り返し、揺り椅子よりベッドで長い時間を過ごした。そして三日目の半ばに差し掛かったところでマベルが現れた。

彼女をマベルと呼ぶのは、最初に——そして最後だったと思う——彼女の発した言葉がそう聞こえたからだ。正確には違う言葉だったのかもしれないが、私にはそう聞こえたし、それで押し通すことにした。

私はベッドに寝そべり、両手を頭の後ろに組んで天井を眺めていた。一つ、重要なことを思いついていた。部屋にはどうしても通気口が必要だ。だが、目につくところにそんな穴はない。すると、天井に近い位置に花のような形でつけられた漆喰の刳形は、単なる飾りではないはずだ。調べてみる価値があると思ったが、まだベッドから出る気になれなかった。

荒々しく入り口のドアが開き、人が入ってきたのを見て、最初私は少年だと思った。黒髪を不器用に短く刈り込み、ジーンズに似た青いタイトなズボンがかなり擦り切れていた。ドアを閉める仕草も荒っぽく、目を半分閉じたままドア板にもたれかかって息を切らしていた。

反対側からドアを殴りつける音が聞こえ、誰かがノブを回していた。私はひとっ飛びに跳ね起き、少年を押しのけてノブの下に椅子を置いた。これは以前から想定していた手段で、椅子の背がちょうどうまい具合にドアのつっかい棒になることが確かめられて、私としてもひと安心だった。

少年は緑がかった栗色の大きな目を見開き、感謝を表すこともなく私のほうを窺った後、その椅子に座った。女の目だった。その手には、ナプキンの四隅をつまみ上げたような包みが載っていた。

娘は再び目を閉じて頭を後ろへやり、ドアにくっつけた。そして普段の息遣いをゆっくり取り戻していった。私は立ったまま驚きの表情で娘を見つめ、どうすればいいのかわからなかった。

やがて私は疲れ、ベッドのいつもの位置へ戻って、そこからじっと彼女を観察した。その姿勢にも態度にも、かなり長い間まったく変化が見られなかった。

娘が落ち着き払った態度で立ち上がり、テーブルへ近寄ったのは、光が点滅する直前のことだった。そこでナプキンの手を放すと、皿の上に見事な果物がたくさん落ちた。そしてリンゴを摑んでナイフで皮を剝いた。さらにもう一つ手に取って同じことをすると、それを私に差し出した。

娘は私に背を向けて揺り椅子に腰掛け、リンゴを食べ始めた。私はしばらく当惑したままもらったリンゴを見つめていたが、ようやく食べる気になった。

光が点滅した。娘はゆっくりと揺り椅子を離れ、マリンブルーの上着を脱いで椅子の背に掛けた。下には白のブラウスを着ており、興味をそそる胸が目についた。そしてベッドに近づき、驚く私に構わず体を跨ぎ越して隣に横になると、毛布をかぶることも、靴を脱ぐこともせず、壁のほうへ向き直った。明かりが消えると、彼女は瞬く間に眠りに落ちたようだった。

私の頭では、様々な考え、とりわけエロチックな思いが渦巻いた。すでにだいぶ前から性の問題が気にかかっていたのだ。だが、すぐに睡魔に囚われ、娘の体の下敷きになっていた毛布だけなんとか引っ張り出して、二人の体に掛けた。だが、毛布は小さすぎて私の体全体を覆うことはできなかった。

眠りに落ちる前に、私は野性的な悦びにとりつかれた。奇妙な状況ではあったが、女の隣で寝るのはいい気分だった。

8

目が覚めると、すでに電気は点いており、隣には誰もいなかった。目で娘を探したが、すでに部屋にはいなかった。ベッドから出ると、ナプキンとともに果物がそのままテーブルに残っていたので、私は安心した。本当に娘はここにいたのであり、妄想ではなかったのだ。

顔を洗って果物を食べることにした。今までにそこで食べた果物よりずっと美味しい、少なくとも私にはそう感じられた。そしてコーヒーを淹れた。気力はかなり回復していた。

すでに煙草はなくなっており、パイプを吸うしかなかった。部屋を回っていると、パイプと詰め煙草が見つかることがあった。ささやかながらすでに三つのパイプを揃えており、交互に使っていた。その一つに火を点け、揺り椅子に座ってふかしながらコーヒーを飲んだ。

娘を待つような真似はしたくなかった。彼女が始めから存在しなかったように振る舞うのが一番いいと思われた。だが、心の奥底で避けがたく彼女を待っている自分にも気づいていた。コーヒーを飲み終えると、なんとか自分を欺いて懸念の作業に取り掛かることにした。

ベッドを少し移動させ、左側の壁と出口の壁がぶつかる隅の、天井に近い位置に据えられた刳形のちょうど下あたりに椅子――つっかい棒代わりにドアに寄せかけていた椅子――を持ってきた。ナイフを手に椅子へ上り、刳形の内側を探ってみた。下側の縁と壁の間にナイフを差し込み、軽く叩いてみたり、梃子代わりに使ってみたりした。

だが、漆喰か、もっと硬い物質の粉が舞っただけだった。そこで方法を変え、今度は、ナイフの柄で叩いたり先で突いたりを繰り返すと、刳形が砕けて大きな断片がいくつか落ちた。穴が現れ、換気扇が見えたところで、もっと強くナイフを打ちつけ、作業は完了した。

穴が完全に剝き出しになると、その大きさは私の拳ほどで、管の端であることがわかった。二、三十センチほど先で換気扇が回っていた。自分の仮説が正しかったことを確かめられて満足だったが、確かめて何の役に立つのかはわからずじまいだった。しばらく椅子の上に立ったまま、静かに回転する換気扇を見ていたが、その時ドアの開く音が聞こえ、振り向いてみると、入り口のドア脇に彼女が立っていて私は呆然とした。彼女も同じだったらしく、一瞬私を見つめた後、鈴のような高笑いを響かせた。

私は椅子を下り、ナイフをテーブルに置いた。まだ笑い続ける娘に近寄っていくと、一日にして別人になったように思われた。歳は二十か十九というところだろう。笑っている間、目が無邪気な悪戯心で輝いていた。

そして腕を伸ばし、手に持っていた平らな小瓶を私に差し出した。蓋を開けると、ミントの香りの飲み物で、私は一口飲んで瓶を返した。彼女も嬉しそうに飲んだが、私へのプレゼントのつもりだったらしく、瓶を受け取ろうとはしなかった。

その時になって初めて、彼女が入り口のドアから再登場したことに気づいた。私は混乱した。不可能だと思い込んでいたことが起こっていた。彼女がどこから出ていったのかは知らないが、入り口のドアから同じ部屋に戻ってくることができたのだ。すでにドアは閉まっており、近づいてノブを回してみたが――ずっと椅子が挟まっていたのは間違いない――、まったく動かない。秘密はこのドアではなく、どこか他のところにあるのだろう。その時ふと思いついたのは、実は彼女は、併存すると思しき建物の住人、ないしは、毎日食料を運び入れるスタッフの一人ではないか、ということだった。

私は娘の目を見つめて問いかけた。名前は？　どこから来たのか？　そして当然ながら、どこから部屋を出て、どうやってこのドアから戻ってきたのか？　何となく私の言葉がわかっているように思われたが、何語でも答えは返ってこなかった。娘はまた笑い声を上げ、私もつられて笑うしかなかった。

そして、私のことなど気にする素振りも見せず、料理に取り掛かった。鍋に水を入れて火にかけ、棚から米の箱を取り出した。水に米を何つかみか入れ、その後はずっとコンロの脇に立って、時々スプーンで鍋を掻き回していた。

私はどうすればいいのかわからなかった。呆然としたまま、もう一度椅子によじ登って換気孔を調べたいとはやる気持ちを抑え、残りの隅に据え付けられた刳形を壊して何が隠れているか確かめる作業も後回しにせねばならなかった。

そこで私は娘に近寄って話しかけてみた。彼女は優しく微笑んだ。私の話がわかっているのか定かではなかったが、とにかく話を続けた。私のこと、彼女のこと。容姿が美しいと褒め、プレゼントに感謝した。話題が尽きると、覚えていた詩——本当に覚えているかどうか、その時までわからなかった——を暗唱し始めた。その一つが図らずも功を奏し、娘は一瞬だけ米のことを忘れて私の頬にキスした。私は彼女の腰を引き寄せ、口にキスした。抵抗はなかったが、相手からの反応もなかった。そして私をそっと遠ざけ、料理に戻った。私は揺り椅子に座ってパイプをふかした。

昼食は米と果物だけだった。二人とも——とりわけ私は娘の働きに敬意を表したかったので——、いつもどおり皿に盛られていた肉には手をつけなかった。

食後は娘が揺り椅子に座り、私はベッドで横になった。

長い沈黙が続いた後、私がそっとさりげなく尋ねた。

「君の名は?」

彼女が発した唯一の言葉、私には「マベル」と聞こえた言葉を発したのはその時だった。それ以上は何の答えも得られまいと察して、私は質問をやめた。

また長い沈黙が流れた後、娘は揺り椅子から起き上がり、私に近づいて二本の指で頬に触れた。そして、引き止める暇も与えず踵を返し、出口のドアから出ていった。

私はベッドから飛び起きて隣の部屋へ急いだが、人影はなかった。まだ自分の部屋を捨てる気にはなれず、それに、いずれにせよたとえ追いかけて追いついても意味はないように思われて、隣の部屋へ移るのはやめることにした。娘がでたらめに行動しているわけはないし、私の内側には、彼女の人格と意志を尊重する気持ちが芽生えていた。出口のドアを閉め、ベッドへ戻ると、様々な思考と気持ちが交錯した。

あの娘はいろいろなことを知っていたのだ。少しずつ私は熱病か竜巻のようなものにとりつかれ、様々な問いと答えと憶測が飛び交うなかで、彼女と一緒だった間に起こらなかったことの一つひとつに思いを巡らせていた。何かが私から逃げていくような、すべてを理解する鍵がすぐ近くにあるのに手を伸ばせばすぐ消えてしまうような、そんな感覚だった。少し心が落ち着いてくると、実は感情を取り違えていたことに思い至り、私から逃げていくのは理解の鍵ではなく、あの娘であることに気がついた。彼女は私には手の届かぬ何かであり、様々な問いに答えることができるはずなのに決して答えてはくれない相手だった。慰めや道連れに最適だったかもしれないが、それさえも望むべくはないのだ。再び怒りが込み上げてきた。残った剳形にその怒りをぶつけたが、何が隠れているか調べる気にもならなかった。再び横になって枕で頭を覆うと、消灯前に眠りに落ちたように思う。

9

そして初めて、明かりが点く前に目を覚ました。いつになく頭は冴え、活力に満ちていた。壊れた剝形の後ろに何があるか見たくて気はやり、いらいらと電気が点くのを待った。

軽い音がした。部屋で何かが動いている。これでようやく食事運搬人の正体をつかむことができると思って私は身構えた。だが、侵入者は揺り椅子に座ってゆっくり体を前後させているだけだった。マベルだと思って、小さな声で呼んでみた。

揺り椅子の動きが止まり、彼女は立ち上がって近づいてくるようだった。やはりマベルだった。ベッドに腰掛け、小さな手で私の髪を撫でた。私はその手を取ってキスした。そしてしばらく手をつないだまま、間抜けなカップルのようにしていると、数分後に電気が点いた。彼女は笑みを浮かべていた。

マベルは好奇心も羞恥心も見せず私の服装を観察した。今度は私のほうから朝食に誘った。コーヒーを淹れ、まるで特別な日のように、フォークでつつきながらパンを焼いた。

そして彼女は私の手を取り、部屋の外へ連れ出したいという素振りを見せた。少し待ってくれと言って、また彼女に笑われながらも椅子に上り、部屋の隅の天井に近いあたりを一カ所ずつ調べた。刳形で隠されていた部分には穴が開いていたが、それ以上は何も見えなかった。換気扇なども確認できなかった。落胆したまま私は持ち物を集め――パイプ三本、鉛筆、紙、ジャケット――、娘に連れられて隣の部屋へ移った。

そこで立ち止まることなく次の部屋へ進み、そのまま我々はかなり長い間歩き続けた。人のいる部屋は一つもなく、すべての部屋で明らかな劣化の進行が目についた。やがて、汚れたまま打ち捨てられて、見るも無残な状態になった部屋に辿り着いた。

マベルは躊躇なく私の手を離れ、他の部屋と同じく左側の壁に寄せられた大きなベッドへ向かった。ベッドを引っ張って何とか動かすと、壁と床の間に大きな穴がぽっかり開いていた。

そして、彼女独特の仕方で待ち始めた。そこから何か面白いものが出てくるとでもいうように、黒い穴をじっと見つめながら、長々と待った。そこへ二人で入っていくことになるのは明らかだった。私は気乗りがせず、恐怖を覚えた。

二人は、同じ方向を見つめたまま、手をつないでしばらくじっとしていた。一人でいれば別種の恐怖を抱いていたことだろう。未知なるものとの遭遇、新たな冒険の始まり、そんなところだろうか。いずれにせよ、ためらうことなく穴へ入っていったことだろう。これこそ、それまで何日もかけて追い求めてきた可能性にほかならなかったのだから。

その時はよくわからなかったが、もはや外へ出たいという望みはかなり和らいでいた。マベルと一緒にいるのが心地よかった。彼女がついてきてくれないのではないか、あるいは、二人を引き離すような事態が起こるのではないか、そんな不安に囚われていた。

ついに、猫のようにしなやかな動きでマベルは膝をつき、両手を床について這うような格好でトンネルへ入っていった。彼女の両足が視界から消える前に、私は後を追った。

長く困難な道のりだった。トンネルは緩やかにカーブし、最初は少し下っていたが、やがて水平になり、最後には緩やかな上り坂になった。

入り口から数メートルで真っ暗闇に包まれた。空気は薄く、じめじめした箇所もあった。規則的に進むことはできず、トンネルが狭くなって、腹這いにならなければ身動きがとれないこともあった。たまに広くなることもあったが、立ち上がって歩けるほどではなかった。四つん這いが最も楽な姿勢だった。

実際にそれほど長い時間がかかったのかはわからない。マベルが前を進んでいることが感じられなければ、絶望的な気持ちになっていたことだろう。服はダメ押しされてボロボロになった。おそらくコンクリートなのだろうが、地面はざらつき、ズボンは容赦なく引き裂かれた。それに、湿った土のようなものが服にこびりついた。

ようやく遠くに出口が見えると、大きな光を背にしたかのように、マベルの動きがシルエットとなって切り取られた。まぎれもない太陽の光であり、私の心臓は高鳴った。同時に、あの場所で吸っていた空気、とりわけ、トンネル内の希薄な空気と明らかに違う新鮮な空気が、自由の使者のように肺をくすぐった。

スピードを上げたい、全速力で出口へ駆け出したいと私は焦ったが、マベルは歩みを変えなかった。ようやく最終地点に差し掛かり、二人で外へ出た。

光に目が眩んだ。だが、涙越しに海と砂が見え、喜びが込み上げてきた。マベルは立ち上がり、無駄な努力にすぎないとはいえ、汚れた服を手ではたいた。私も立ち上がり、両腕で彼女を引き寄せると、腰に手をあてて何度か体を回し、彼女も鈴のような笑い声でこれに応えた。涙に溢れた目が熱く、開けようとすると耐え難い痛みが走った。手探りで波打ち際まで近寄った後、靴を濡らす波にかまわず身を屈めて両手で水をすくい、目と顔を洗った。塩水だったが、それでも痛みは和らいだ。

目を開けてマベルのもとへ戻ると、大きな幻滅が待っていた。ようやく辿り着いた場所を初めてじっくり眺めてみると、そこは自由の地ではなかった。

ダムの麓のような場所だった。我々が出てきた穴は、他のいくつかの穴とともに、見たこともないほど高く聳える石とコンクリートの大きな壁に開けられていた。壁は楕円のような形に小さな砂浜を囲み、両端は海まで伸びて、遥か向こうで水面の下に消えていた。

壁の向こうに何があるのか、想像もつかなかった。泳いで反対側へ回って楕円の外に何があるか調べるなど、まったく不可能なことは一目でわかった。そもそも私は泳ぎが苦手だし、壁は海のはるかかなたへ長く伸びて、どこまで続いているのかまったくわからなかったうえ、荒波がすぐ近くまで押し寄せていた。

しばらくマベルのことは放っておいて、絶望的な気持ちで砂浜を歩き回った。壁に貼りついた岩があり、砂は大粒で、あまりきれいではなかった。我々が出てきた穴の両側にもう二つ穴があった。同じようなトンネルへの入り口だろう。どこへ繋がっているか考えてみた。

マベルは岸辺に立って水平線を眺め、船でも来るのを待っているようだった。正面のまだ高い位置から太陽が降り注ぎ、日暮れまで四、五時間はありそうだった。私は再び振り返って壁を見つめた。よじ登るなど無理な話だった。灰色と赤っぽい色、二色の大きな石の塊がセメントらしきもので接合されていた。出っ張りや窪みはあったが、熟練の登山家ですら上まで登るのは無理だろう。少なくとも、私には無理だ。だが、自分が相変わらず囚われの身であることがわかっても、喜びの気持ちは残った。ようやく太陽と空気と海を手にしたのだ。あんな場所に閉じ込められていたことを考えれば上出来ではないか。

再びマベルのほうを振り返ると、彼女は服を脱ごうとしていた。砂浜の、壁から近いところに靴を置き、ブラウスを脱いだ。大きながっしりした胸が、ズボンを脱ぐ動きとともにかすかに揺れた。他は何も身に着けていなかった。

いつもと同じ服でも着ているようにごく自然に裸になった彼女を見て、私はじっと立ちつくしたまま黙り込んだ。即座に私の体は反応したが、それについてじっくり考えたのは、後でこの場面を思い出したときのことだった。娘か、私か、どちらかに矛盾があり、相反するほど異なる反応を引き起こしていたのだ。その体には、堂々たる美しさと刺激的な淫靡さがあり、最初私が感じたのは猛り狂う性欲だった。性欲の波が体中を駆け回り、最後には完全な勃起となって私を急き立てた。だが、マベルはその体以上の存在であり、私の眼前で純粋無垢の化身となった。その振る舞いには挑発の意図など微塵も感じられなかった。決定的に性と縁遠い娘の仕草を前に、性欲の波はすぐに静まり、一瞬にして勃起が収まるとともに、体を流れていた電流はどうやら別の回路へ誘導されたらしい。甘美なきらめきにとりつかれた私は、自分が真に男であり、人間、大自然の一部、微小だが欠かすことのできない宇宙の一粒子であることを感じた。

マベルは水辺へ向かって歩き、波に足を撫でられたところでこちらを振り向いて、高く上げた手と微笑みを送ってきた。そして海へ入った。

次第に彼女の体が水に浸かり、腰のあたりまで届いたところで頭から潜った。しばらく水面下を泳いだ後、少し離れたところに現れ、そのまま泳ぎ続けた。

私は岩の上に寝そべった。日差しはそれほど強くなく、これこそ必要としていた温もりだった。私も服を脱ぐことにして、今度は砂の上に裸で横になった。もはや官能をめぐる思索は消え、やがて完全に何も考えなくなった。

白い体が目の前を横切るまで、マベルが戻ってきたことにも気づかなかった。腕に頭を乗せて横向きに寝ていた私は、まだ濡れた体も私の視線も気にすることなく服を着る彼女の様子を見つめた。その顔には、激しい、ほとんど神秘的な幸福があった。

私も服を着て彼女の隣に座った。ポケットには彼女からもらった小瓶が残っており、二人で中身を飲み終えると、彼女は空瓶を受け取って海へ放り投げた。しばらく浮いていたが、やがて沈んだ。

二人は長々と見つめ合った。彼女独自の時間感覚に私は戸惑った。今この瞬間から逃れるために何かをする必要など感じておらず、ずっと気分爽快とでもいうように、何も待ってはいないらしかった。これほど心配とも恐怖とも無縁な、幸福な動物のような人物に会ったのは初めてだった。その顔には別段何の表情も浮かんではいなかったが、彼女にとって私が素敵な物であること、壁の断片や、砂の上に残った小瓶の蓋、その他彼女の世界を形作るあらゆる要素と同じくらい素敵な物であることが伝わってきた。といっても、物になり下がったような印象は微塵もなく、それどころか、特別な世界、すべてが生き生きとした世界、岩や瓶の蓋さえもが彼女のおかげで別次元を得るほどの世界に取り込まれたような感覚だった。そこにはあらゆる存在の入り込む余地があったのだろうが、それでも、その一部になれたことが誇らしくさえ思われたのは、楽しい孤独をマベルと共有することのできる人間はきっと少ないはずだという確信があったからだ。

この手に彼女の手を取りたい、そんな衝動に囚われたときは屈辱感に苛まれた。手に入りようのないものを求めているようで、自分が彼女から遠ざかっていくように思われた。だが、マベルの態度は変わらず、ずっと無表情に私を見つめたままだった。私は気づいた。彼女は、空気も太陽も波の音も私もすべて一度に味わいながら、何もかも同時に生きているのだ。

この日の活動は、赤く広がる太陽が水平線の向こうに消えたところで終わった。海に完全に沈む前から空気は冷え、マベルが軽く震え始めたのがわかった。最後にもう一度だけ浜辺を眺めた後、二人は目で合図し、出てきたところから引き返すことにした。

他のトンネルを探険するのも悪くない気がしたが、せっかくの平和を台無しにしたくはなかったし、マベルと離ればなれになるような事態もご免だった。再び彼女の後に続いてトンネルを進んだが、帰り道はもっと大変だった。部屋へ出ると、すでに電気は消えており、私はマッチをすった。

テーブルに食事は載っておらず、石油ストーブもなかった。だが、トンネルの入り口という貴重な宝を備えたこの部屋を離れるのは嫌だった。マッチの火が熱くて床に放り投げ、もう一本すった。

マベルは、今度は靴を脱いでベッドに横になった。

私は眠気に襲われた。服は脱がず、二本目のマッチを床に落として、靴と上着だけ脱ぐと、よくわからない衝動に駆られて、手探りでベッドを壁まで押した。

そして横になり、右腕をマベルの腰の下に回して、そのまますぐに眠り込んだ。

目覚めとともに、新たな悲嘆の時期が始まった。

10

すでに明かりは点いていたが、横にマベルはおらず、私の気管支が激しく鳴っていた。寒さと湿気が体にこたえ、漆喰の剝げた壁から絶えず悪と病の空気が漂ってくるようだった。なかなかベッドから出る決心がつかなかった。ようやく起きると、部屋に来訪者の痕跡はなかった。どこをどう見ても打ち捨てられた場所だった。マベルは跡形もなく消えており、彼女がここにいたことを示すものは何もなかった。私の人生から永久に消えたにちがいない、確信にも似たそんな予感に、心臓が激しく脈打った。

ベッドの位置を変え、穴を見つめた。これがきれいな砂浜に繫がっているとは信じられなかった。ベッドを元に戻し、半信半疑で前日を振り返りながら、また横になった。

やがて空腹を感じた。立ち上がって、棚の擦り切れたカーテンの奥を探った。米とパスタの箱が一つずつあるだけだった。

出口のドアへ向かい、隣の部屋を覗いてみた。まったく空っぽで、こちら側に劣らず荒れ果てていた。テーブルの上にその日の食事は見えず、コーヒーもなかった。

棚に戻って米の箱を手に取り、ぼんやりと水を火にかけた。少量の米を準備して、無気力に食べ終え、また横になった。

その日も、次の日も、その次の日もほぼ同じ過ごし方をした。唯一の変化といえば、症状がどんどん悪化していったことだけだった。気管支が悲鳴を上げ、パイプをやめねばならなかった。咳が止まらず、乾いた咳で胸が痛むばかりか、くしゃみまで出た。熱にうなされるような時もあった。だが、実際のところ、気分が悪いのは部屋の空気が悪いからというより、無駄と知りつつマベルの帰りを待ち望んでいたからだった。

状況が刻一刻と悪くなっているのは明らかで、どんな決断をするにせよ、もはや猶予は許されなかった。こんな不健康な部屋で、米とパスタだけの食事をいつまでも続けるわけにはいかない。

翌日には進路を決めねばならなかった。そのまま進むか、それとも浜辺に戻って別のトンネルを探険するか。そしてもう一つ、私の精神状態に最も合致する第三の選択肢は、諦めてここにとどまり、黙って死を待つことだった。だが、そんなわけにいかないこともわかっていた。いつだって私は袋小路を選ぶことなどできない。臆病風もあり、好奇心もあり、いつももう少し生き延びる道を選択してきたのだ。

四日目の朝、同じ部屋で目を覚ましたときには、内心すでにどの選択肢が最良か決まっていた。トンネルを通って浜辺へ戻ることだった。何の保証もないが、マベルにまた会えるかもしれない。浜辺へ着いたら、残る二つのトンネルのどちらか一方を選んで、慎重に探検してみるとしよう。失敗したとしても、またこの部屋へ戻って、前と同じように進めばいい。

とはいえ、これまでどおり前進するのも魅力的な選択肢ではあった。もうすぐ何か変化があるにちがいない。部屋の劣化が際限なく続くことはありえないのだから、最後には、どこかへ辿り着くか、あるいは、かつて想定したようにこれが円環状の建物だとすれば、最初の部屋へ戻ることになるかもしれない。あの最初の部屋とこの部屋の唯一の違いといえば、照明と家具が貧弱なことだけだった。

だが、それでも私は浜辺を選んだ。炊いた米の残りを紙に包み、上着のポケットに箱を入れた。身の周りを最後にもう一度だけ見回し、ベッドの位置をずらして穴を剝き出しにした。数秒間、霊感でも降りてくるのを待つようにためらった後、ついに穴へ入った。

この時は、すでに通ったことのある道だったせいか、体が弱っていたうえ、息は詰まり、道連れがいなくて閉所恐怖症に悩まされたにもかかわらず、長く辛い道のりとは思われず、じれることもなく浜辺まで到着した。

私の記憶には美しい映像が残っており、ことさら描写を繰り返してそれを汚したくはなかった。その時も、私の頭に残る砂浜は楽園のような場所だった。部屋で数日過ごすうちに記憶が膨らみ、浜辺は何かのシンボル、愛なのか、自由なのか、幸福なのか、とにかく何かのシンボルに変わっていた。なんとかそれまでの苦しみを心から消し去るとともに、もし日常生活に戻って誰かにこの体験を語ることがあれば、その話はこの浜辺に集約され、他のすべては、会社員の旅行談義のようにどうでもいい内容になっているかもしれない、そんなことまで感じたほどだった。

ところが、今また向き合ってみると、何ともうら寂しい貧相な浜辺だった。太陽は灰色の雲に隠れて青白く、海は単調で汚く、部屋の空気と変わらぬ空気が胸を痛めつけた。空を横切るカモメが叫び声を残して壁の上方を越え、私の手の届かない方へ去っていった。

咳の発作が起こった。上着の襟を立て、両手をポケットに突っ込んだまま海を眺め、海へせり出した灰色の壁を見ていると、それまで見たこともないほど悲しい景色のように思えてきた。また咳が出た。

突如私は老いと病に崩れ落ちそうになった。さして気にとめることなくこれまで目撃してきた一連の出来事は夢ではなかった。髭は汚らしく伸びて顔を覆い、服はどうしようもなくズタズタになり、身も心も傷だらけだった。財布にはまだ金が入っているが、まったく何の役にも立たず、この想像を絶する困窮生活から知らぬ間にゆっくり逃れる助けにはならない。肩が重くのしかかって背中を曲げ、実のところいつもと同じ孤独とはいえ、この新たな孤独がどうしようもなく怖かった。思いもよらぬ事態、とりわけマベルのような女性に慰めを与えられて、束の間だけ孤独を忘れていられることもあった。だが、今こうしてその脅威を思い知らせてくる孤独に直面すると、これこそこの世界に私が所有するもののすべて、決して振り払うことのできない運命のように授けられた忠実な同伴者のようにさえ思えてくる。

私は砂浜にへたり込み、寒さのせいで骨が痛くなるまでその場で泣き続けた。その後立ち上がり、ハンカチで鼻をかむと、体力と気力を振り絞って計画通り行動することにした。

だが、第二のトンネルまでのわずか数歩をなかなか進むことができず、最後の力を振り絞ってようやくその縁に体をもたせかけた。熱にうなされていた。左肺の上あたりにあった痛みが背中と腰全体に広がっていた。両脚は震え、目が熱いのは涙のせいばかりではなかった。

未知の冒険に乗り出すような状態にはなかった。残る力を振り絞って、同じ部屋へ帰ることしかできなかった。

この時はいつまで経っても部屋に着かず、トンネル内の何カ所かで居眠りすることさえあったと思う。這ってようやくベッドへ辿り着くまで、どのくらい時間がかかったのか、まったくわからない。

途中で服にへばりついた泥を払うこともなく、私はベッドに崩れ落ちた。

11

それに続く数日間で私のあやふやな記憶に残っていることといえば、点いては消える光――何回かはわからない――、そして苦労してベッドから起き上がり、蛇口の下に口をあてがうか、衛生設備を使うかしかできない自分、それだけだった。大声でいろいろ話したことも覚えているが、何を言ったのかまったくわからない。

ようやく熱が下がって少し頭が冴えてくると、一刻も早く起き出してここを出ていこうと思った。体の感覚が麻痺して、動きは機械的になり、ほとんど何も考えることができなかった。トンネルへ戻ることは完全に諦めたが、出口のドアは、閉じないよう椅子を置いて開けておくことにした。上着を着てポケットに手を入れると、何日か前に炊いた米の包みが残っていた。すえた味の塊にすぎなかったが、それでも私はむしゃむしゃとかぶりついた。

続くいくつかの部屋はいずれもドアを開け放ったまま進み——とはいえ、椅子を置くことまでしなかったのは、一つには体が弱りすぎていて余計な動きをしたくなかったからであり、もう一つにはそんなことをしても無駄だと内心わかっていたからだった——、すぐに気づいたとおり、建物の劣化は目を覆うばかりになっていた。ゴミがたまり、部屋によっては、がらくたと腐臭物に床を覆われてまっすぐ進めないほどだった。

やがて、ある部屋で一つの発見があったが、その時の私は、以前のように冷静にそれを分析することができなかった。心の内側に動揺を隠したまま、頭は真っ白、心臓は衰弱状態で前へ進むしかなかった。誰か、私と同じ道を辿った者がいたのだ。出口のドアにスペイン語で、「出口はない。ここは地獄だ」と書き残されていた。ナイフで表面の塗装を削り、ドア板に少し傷をつけて彫ったものだった。しかも、文言の下には、署名代わりに、怒りに任せてナイフが深く突き刺されていた。

そして他の部屋では、壁が半分壊され、その向こうに、表面は剝げていてもがっしり無傷で残ったレンガの壁が見えていた。タマネギのように壁が何層も無限に重なっているのかと思うとぞっとした。そこから先は崩れ落ちた部分が目立ち、壁や天井まで大きく剝がれ落ちていることもあった。だが、天井が崩れ落ちても空が見えるわけではなく、天井の向こうにもう一つ別の天井が、壁の向こうにもう一つ別の壁が必ずあった。

機能している水道管の数は激減し、長い距離を歩かなければ水にありつくことができなくなった。喉の渇きはまったく癒えず、水の味も変わって、次第に塩辛く、というより金属的になっていくようで、いくら水を飲んでも効果がなかった。

食べ物など探すだけ時間の無駄だった。あるのは家具の残骸だけだった。だが、熱のせいで食欲はすっかり失せており、空腹を感じることもなかった。どうやら終わりは近いようだった。どうせ愉快な結末ではないだろうし、私の最期と重なるのかもしれなかった。

もはや電気の点滅は一日の始まりと終わりを告げる合図ではなくなっていた。多くの部屋で、電球はすでにヒューズが飛んでいるか、そもそもなくなっているかであり、電球の残っている部屋では、電圧が下がり続けてでもいるように次第に光は弱まっていたが、消える気配はまったくなかった。あるいは、私の時間感覚が狂っているだけで、実際には知らぬ間に点滅していたのかもしれない。

眠るときには、多少はましと思われる残骸を選んでその上に身を投げた。もはや電気のことは気にもならなくなっていた。

数日後か数時間後かはわからないが、次の発見は、壊れた水道管から水が漏れて浸水した部屋の存在だった。元の部屋まで引き返してトンネルへ入り、浜辺から別のトンネルを探索するのが一番いいように思われたこともあるが、そんな時には、愚かしい思いつきを笑うしかなかった。他方私は、もうすぐこのすべてが終わるはずだという確信のようなものにしがみついていた。また、先を行く者が誰なのか気になり、再び何か手掛りが見つからないかと期待した。

我慢を重ねて最悪の最悪さえ乗り越えれば、あとはすべて良い方に転ぶしかない、私はそう考えていた。いずれにせよ、もう体力も気力も残ってはおらず、どこへ辿り着くにせよ、前へ進み続ける以外のことをするのはほとんど不可能だった。

熱に浮かされるようにしてずっと頭は動いていたが、論理的な思考が実を結ぶことはほとんどなかった。たいていは、頭に残る波のような音につられて無感覚に、機械的に動作を続けるだけで、複雑にもつれ絡み合う思考のいくつかが聞き手を求めてしゃしゃり出てくるような気がしても、耳を傾ける気にはならなかった。

時にはマベルの姿が記憶に甦ってきた。時にはそれがアナの姿と重なることがあり、どうやら二人はもはや同じ遠い過去にしまい込まれたようだった。昔見た映画のような距離感が生まれていたせいで、両者ともそばにいなくても、辛いと感じなくなっていた。死へ向かって着実に歩みを進めてきたような感覚だった。まだ生きてはいたが、内側では多くのものが死んでおり、もはや私に残されたものといえば、無感覚に動く体、あやふやな記憶、急速に壊れつつある脳しかないような気がした。

様々な水道管から漏れ出た水が合流し、歩きにくいほどの水位に達していた場所もあったせいで、登山家のように、瓦礫の山を歩くのにも慣れてきた。幸いまだ深刻な問題ではなく、行程の大部分では靴を濡らす程度だった。

瓦礫の山に登って、どこなら水が少ないかとひと回りして確認したところで、瀕死の状態で行き倒れた先行者の姿を見つけた。

12

それまで、瀕死の人間は一度も見たことがなかった。目を大きく見開き、ずっといびきのような唸り声を漏らし続けていた。頭は湿った壁のそばにあり、壁を伝って水が流れ続けていた。少し前までは、あまりきれいな水でないとはいえ、首を少し伸ばすだけで唇を潤すことができたのだろう。もはやいかなる動きもできないようだった。瓦礫の位置に沿うようにして体が硬直しているらしかった。服はすっかり擦り切れ、一見したところでは、最初からぼろぼろのままぞんざいに被せられたようだった。

高齢に見えたが、白髪ではなく、泥や漆喰の破片で汚れているだけで、長く伸びた濃い髭も同じ状態にあった。体の近くに壊れた眼鏡があった。

もはや手の施しようがないことは明らかだったが、それでも置き去りにしていく気にはなれなかった。私にできることといえば、手で水を掬って唇を潤してやるぐらいだった。だが、水を飲み込む様子はまったくなかった。

瓦礫の山に座って私はその姿を見つめた。ただでさえこの数日間に気の滅入るような、気力を挫かれるような場面ばかり見てきたというのに、今このおぞましい光景を前にすると、その姿が数時間後の自分と重なっているような気がしてきた。

突如男はそれまでと違う唸り声を漏らし、その目に変化が起こって、知性の光のようなものが輝いたように思った。事実、ゆっくりとではあるが彼の目は私のほうを向き、わずかに唇が動いた。

「……地獄」こう言って彼は、そのまま意味不明の言葉を呟いた。私はできるだけ近づき、二人の頭がほとんどくっつきそうになった。

「何をしてほしい?」自分のことより相手のことを考えて、途方に暮れながら私は訊いた。無駄な質問だとはわかっていた。返事はなかった。地獄という言葉がまた聞こえ、いろいろ言葉が漏れたが、大半は意味不明だった。

「……蜘蛛、地獄、夜、今…… トンネル…… 紫、紫外線、地獄…… 海、海」

「海にいたのか? 戻ったほうがいいのか?」

その目には恐怖が浮かんでいた。私の姿が見えていたのかはわからない。

「……浜辺、蜘蛛……」

しばらくそんな状態が続いた後、目はまた生命を失い、再び単調な唸り声が始まった。

また私は熱に囚われ、気を失いそうになった。水をもう少し口へ持っていってやったが、男は決然とこれを吐き出した。見捨てるよりほかなかった。もう耐えられなかった。

私が似たような状況に置かれることになれば、誰かに同じことをしてもらいたいとは思わない。自分の臆病と無力が感じられ、早くも罪の意識に苛まれた。何もしてやれないことは明らかだったし、自分のために何ができるかさえわからない状態だった。だが、迷信なのか宗教なのか、先祖伝来の謎めいた感情に囚われたらしく、見捨てる私を咎める悪魔がいるような気がした。とはいえ、そばにとどまっていれば、無力な自分、そしてさっさと死んでくれと願う自分――すでにこの願いが顔を出し始めていた――を責めることしかできない。恐怖と無念の思いで私は背中を向け、後ろを振り返ることもなく、何も考えないよう努めながら前進を続けた。

しばらく進むと、部屋の浸水は常態となり、しかも水位は上がっていた。ずっと先まで来ると、人間の白骨死体とネズミが現れるようになった。

最初の一体は、崩れ落ちて剝き出しになった天井の梁から綱か帯のようなものを首に巻きつけてぶら下がっていた。その後、同じような死体がいくつも現れ、ぼろを身に纏ったものもあれば、ある部屋では、家族全員が身を寄せ合って最期の話し合いに臨んだような状態で何体も並んでいた。

すぐ近くに死体があるかもしれないとびくびくしながら、暗い場所で寝るよりほかはなかった。それ以上一歩も進むことができないという状態になるまで眠りにはつかなかった。もっと後になると、どこにいても眠る勇気などなくなった。最初は、あちこちに死体が転がっていて、体の下の瓦礫を少し動かすだけで出てくるのではないかと不安でならず、後には、そこにネズミの襲撃が重なった。

壊れた机の脚を常時携帯し、適当な大きさの瓦礫をいつもポケットに入れて持ち歩かねばならなかった。ネズミは増え続け、どんどん大胆になっていった。完全に水没した部屋でも、泳いで襲いかかってくるネズミには事欠かなかった。

ドアは枠から根こそぎ剝がされてもはや原形をとどめておらず、たまにドア板が残っていても、瓦礫に覆われてまったく動かなかった。壁の向こう側の壁も崩れている部分が多くなっていたが、その向こうに何があるのかまったく見えなかった。三枚目の壁が無傷のまましっかり聳えていた。

奇跡的に、ところどころ壁の湿った隙間から灌木が伸びていることがあり、あちこちに苔と雑草が生えていた。ある部屋では、深い裂け目の奥から黄色い花が臆病に顔を出していた。

13

すでに私は、ふらふら前へ進むだけの幽霊となっていた。だが、空腹と眠気と痛み、その他あらゆる絶望的要素が重なっても、あらゆる感情と感覚を払いのけ、たった一つ頑なに信じていた考えにすがりついていられた。つまり、これはこの場所と私の我慢比べなのだ。何があろうとも、今に私かこの場所か、どちらかが最期を迎えるのだ。私にできるのは進むことだけで、立ち止まることは死に等しい。その間、信じられないほどの荒廃のなかでも、建物は倒壊することなく伸び続け、最初から変わることなく謎めいた姿を保っていた。

単なる思い込みかもしれないが、私の足は弱るどころか、スピードを上げて前進していた。眠気を通り越して様々な要素が交錯し、足を踏み外したり、瓦礫や水たまりに足を取られたり、何度も転ぶうちにすっかり慣れてしまった。

すべてが悪夢の様相を帯び――起きているときと寝ているときの区別がつかなくなっていた――、熱にうなされたままこんな奇妙な体験ができることに幸福感すら覚え始めた。

内心私は敗北を確信しており、先行の男と同様、自分もすでに死んだものと決め込んでいた。おかげで、一歩ごとに自分自身への関心を失い、そのかわり、周りに何か特別なものが現れると、大いに興味を惹かれた。私はほとんど人間味を失い、死体となり、ネズミとなり、レンガとなって、廃墟のなかで美しさを湛え始めたあの舞台に溶け込んでいった。

だが、部屋をめぐる探険は、ついにもうこれ以上進めないところまで来た。瓦礫を取り払わなければそれ以上前進することはできなかった。最後まで自分の信念を貫いて行動することはできなかった。現実から目を背けるつもりはないが、今でも私は、証明することこそできなかったものの、自分の考えは間違っていなかったと思っている。もう少しで謎が解けたはずだとも思っている。

だが、期せずして新たな部屋の左の壁に、瓦礫に塞がれていない第三のドア――出口のドアは完全に塞がっていた――が現れ、そこに抗いがたい誘惑があった。私には一瞬の躊躇もなかった。そのうえ、瓦礫をどけて、少なくとも次の部屋を覗くだけの気力も、そんなことを考える知力もなくなっていた。第三のドアを開けて足を踏み出すと、そこから長く廊下が伸びており、照明は暗かったが、床は水浸しではなかった。

廊下には、少なくとも私に確認できるかぎり、穴などは開いておらず、そのかわり、何度か分岐点があったので、私はでたらめに歩みを進めた。時に壁に手をついて体を支え、時に立ち止まることはあっても、すぐにまたよろよろと歩き始め、肩が壁にぶつかったり、反動で反対側へ跳ね飛ばされたり、知らぬ間に後ずさりしていることまであったが、ついに私は次のドアへ辿り着いた。

そしてドアを開けた。

第二部

14

太陽に照らされた広い場所が目に入り、少し先にダークグリーンの小さなテントがあった。長い塀の脇にレモンの木が聳え、根元に男が二人立っているのがわかった。背が高くがっしりしたほうの男が、明瞭すぎるほどの声でもう一人に言った。

「テントが小さかったかな」

馴染みの言語で言葉を聞くのは随分久しぶりのことで、自分への重責から少し解放されたような気分だった。私は気を失った。

後で彼らに聞いた話では、背の高いほうの男がなんとか腕の下あたりで私の体を抱きとめ、頭から落ちるのを防いだという。そのまま三日三晩意識は戻らず、二度と目を覚まさないのではないかと怯え、たいしたこともしてやれないので不安だったらしい。

だが、その間ずっとまったく意識がなかったわけではなく、私の記憶には、本当に見たように思われる映像とはっきり夢だとわかる映像が混在している。それに、三日間のはずがもっと長い時間に思われ、何週間にも及んだような気がすることもある。

夢にせよ、そうでないにせよ、記憶には、新たな通路を抜けていくような感覚や、すぐ近くから私に微笑みかける女性の顔も残っている。私の周りでダンスのステップでも練習するように動き回る人の姿もあれば、真ん中あたりに重々しく分厚い鉄の輪、外壁の高い位置に格子付きの小窓を見せた高く丸い建物――城の見張り塔のような場所――へ行った記憶もある。ドアを開けてみると、下から遠い海の音は聞こえるものの、完全な空白だったこともあった（薄暗かったので、あやうく虚空に転落するところだった）。高みから大きな小屋を見下ろし、焚火を囲んで動き回る人影を観察していたこともある。長々とアナと話し込んでいると、アナがマベルに変わり、さらにそれが、背の高い髭面の男や、背が低く金髪のサングラス男――二人交代で私の様子を見守っていた――に変わった。時々どちらかが水の入ったコップを持ってきてくれた。ある時、二人とも立ったまま小声で話をしていたことも覚えている。

つまり、四日目になって、ようやくかなり長い間はっきり目を覚ましていることができたということらしい。両目を開け、長い時間かけて頭を整理した後、自分がどこにいるのか確かめてみた。寝袋をかぶって、テントで寝ていたのだ。数歩離れたところに金髪の男がおり、私に微笑みかけていたが、まだ何も言わなかった。

すぐに私はまた目を閉じ、今度はもっと軽い無意識、おそらく普通の深い眠りに落ちた。この眠りから何度も覚め、また夢に逆戻りするたびに眠りは浅くなり、ついには眠ったままでもごく自然に時の流れが感じられるようになった。

目を開けたままでいられるようになると、何か話してみようと思ったが、これがひと苦労だった。何か説明を聞きたかったが、酔っぱらったように舌が回らず、口がざらついた。金髪の男に、これまでいったい何があったのか、ここで何をしているのか訊いてみたが、ちゃんと伝わったかわからない。「まだ何も話さなくていいですよ」彼の言葉がはっきり聞こえた。「いずれゆっくり話す機会もあるでしょうから」そして私に近寄り、水の入ったコップを差し出してきたので、私は何口か飲んだ。「万事順調です」彼は付け加えた。「心配はいりません」

それで私は安心し、もう数時間そのまま横になっていた。その後目を覚ますと、頭は冴え、体力も回復していた。今度は周りに誰もいないので、寝袋のファスナーを下げて抜け出し、立ち上がった。だが、すぐに眩暈がしてふらついた。二人のうちどちらかに少々手荒いことでもされれば再び失神してしまいそうな気がして、私は慎重に体を動かした。寝袋の横に置かれた帆布の椅子に私の服が重ねてあり、ゆっくり一枚一枚身に着けていった。それでも寒かったので、テント内に敷かれていた寝床の一つから毛布を一枚借りて肩から羽織った。外へ出ていくと、最初に見た中庭のような場所に例の二人がいた。陽は沈みかかっていた。

二人は私の登場に驚き、顔に笑みを浮かべた。

「これで通夜の必要はありませんね」私に手を差し出しながら背の高い男が言った。緑と赤のチェック模様の分厚いシャツを着ており、素朴で善良な男のようだった。「私がベルムーデス、そしてこちらが」金髪の男を指差しながら付け加えた。「ドイツ人です」

私は二人の手を握り、何日間もできるかぎりの看病を続けてくれたことに感謝した。ベルムーデスは肩をすくめた。

「残念ながら、たいしたことはできませんでしたが」彼は言った。すぐに私は、無作法を覚悟で話題を変え、矢継ぎ早に質問を投げ掛けた。ここはどこなのか、ここで何をしているのか、それはどういう理由からなのか、等々。だが、二人を見た瞬間から芽生えてきた希望は瞬く間に消え失せた。二人とも、私に負けず劣らず混乱し、何もわかっていなかったのだ。得られた答えはすべて否定だった。最初は二人とも疑惑の視線を交わすばかりで、私が落胆に耐えられるか探っていたらしい。やがてゆっくりと、二人交互に辛抱強く話を始め、哲学的とも無関心ともつかぬ調子で、婉曲的な言い回しのうちに、事実上私に提供できる情報が何一つないことを伝えていった。

沈みかけた太陽が先の尖った格子柵の影を長く伸ばしていた。やや肩を持ち上げ気味にして金髪の男がその場を離れ、火をおこすための枝と薪を選び始めた。私が目をベルムーデスのほうへ向けると、彼も何か待つような態度で私を見つめていた。私はうなだれてじっと塞ぎ込んだまま、再び大挙して頭に押し寄せて来た悩ましい思考の迸《ほとばし》りをなんとか押しとどめようとしていた。そして唇を噛んだ。

「もう少ししたらまた寝袋へ戻ります」やっと私がこれだけ言うと、ベルムーデスは重々しく頷いた。

15

私のメモには、中庭の見取り図を示したスケッチがある。私が辿ってきた通路の出口は、幅六、七メートルほどの高い壁に開いていたが、初めて中庭に到着したときのようにこの出口を背にして立つと、左手に最も長い大壁が伸び、右手に格子柵を支える土壁がある。背後の壁は大壁とやや鈍角に交わり、格子柵とはやや鋭角に交わっている。正面には、背後の壁と似た壁が伸びている。中庭はほぼ長方形だが、厳密に言えば台形だった。大壁は十二メートルか、もう少し長いくらい。内側の壁際には、レンガに仕切られた土の帯が張り巡らされており、ところどころ草木が植わっている。格子柵の土壁と北側の壁が交わる隅には茂みがあり、これがトイレ――土に穴を掘っただけ――を隠す屏風の役割を果たしている。

三つの高い壁には、様々な高さに、ドアの付いているもの、いないもの、様々な穴が開いている。大壁の真ん中付近にレモンの木が聳えており、もう少し向こうへ行くと、壁に据えつけられた大理石の白い泉から水道管が伸び、浮き彫りのライオンが口から細い水の筋を吐き出している。

床は土のままだが、街路の歩道に使われるのとよく似た舗石にところどころ覆われており、灌木が伸びている部分もある。右側の土壁は一カ所だけ途切れており、そこが格子柵をそのまま地面まで伸ばした両開きの門になっていて、簡単に開閉できそうだった。格子柵の向こうには空き地が広がっており、門から外へ、荒れた古い砂利道が伸びている。柵から二百メートルほどのところで空き地は途絶えて砂利道も消え、そこから鬱蒼とした密林が広がっていた。テントは中庭のほぼ中央に張られていたが、大壁より格子柵にやや近い位置だった。

これが、私には随分長く思われた回復期を過ごした場所だった。ゆっくりと体に力が戻り、最初は覚醒時間も活動時間も短かったが、それも次第に長くなっていった。疲労がぶり返したりすることもなく、回復は順調だった。この場所で流れる時間にはしばしば悪ふざけをされたが、後で数えてみたところでは、回復期間は八日か九日だったはずだ。

我々はでたらめに色々語り合った。彼ら二人の話も私の話に負けず劣らず奇想天外だった。例えばベルムーデスは、ここが人里離れた密林の一部にちがいないと思い込んでいた。彼の話では、事の発端は、家庭や日常生活の諸問題を忘れて数日間旅に出るため、テントを買ったことだった。

最初はごく普通の安全な場所、小川のほとりに広がる自然公園にテントを張っていたが、ある日、狩の獲物につられて深入りし、気がつくと、高い木や蔓草の生い茂る暗く湿った密林に迷い込んでいた。しばらくすると、驚いたことに目の前にドアがあり、木々のさらに向こうの遠方に、信じられないほど高い灰色の壁が広がっていた。罠にでもかかったような気分だった。ようやく腹を括って、蔦に覆われた壁に据えつけられたドア――草木に偽装されて隠れていた――を開け、菱形の部屋に入った。ほとんど空っぽだったが、隅には、捨てられた革コートのようにゴリラが背を丸めていた。ゆっくり夢から覚めるようにしてゴリラが身を起こし始めたときには、ベルムーデスはすでにドアを閉めた後で、どうやってもこれを開けることができぬまま、携行していたライフルで間一髪ゴリラを射殺した。知らぬ間に動物園へ入り込んだと思った彼は、罪の意識に苛まれた。

「もう一つドアがあって」彼は続けた。「そこから出るしかありませんでした。しかし、ドアを開けると階段があって、上階へ続いており、上階から外へ出るには、中庭に向いたバルコニーへ出るしかなく、水道管に摑まってバルコニーから中庭へ下りて、そこから野原へ出たのです」

話は際限なく続いた。他にもいくつか密林や森のような場所を通り抜け、野生動物と格闘することまであった。ようやくテントを見つけたものの、そこはテントを張ったはずの地点とまったく違う場所だった。それでも、ワニに襲われる危険も顧みず、なんとかキャンプ用の装備を救い出した。大人の口から話されると何とも滑稽に聞こえる瞬間があり、私も思わず笑みを漏らすことがあったが、べルムーデスは大真面目で、事実、細部も含め、疑念を挟む余地はなかった。私が話す番になると、聞いている二人の顔にも同じように唖然とした表情が浮かぶことがあり、信じてもらうため、マベルとの冒険などの細部は省略せねばならなかった。

ドイツ人の話もまったく引けを取らなかった。歯に挟まったような低い声で繰り出される彼の話はかなり支離滅裂で、後で整理し直したり、想像力で細部を補ったりせねばならなかったが、とにかく彼は、直近の数年間、妻が息子二人を連れて出て行ったことを嘆くばかりの生活を送っていた（ついでながら、ドイツ人の両親は、実際にはパラグアイ人で、どこかでドイツ人の血を引いているという）。

何日か前、ひと旗揚げようと思い立ってブエノスアイレスで船に乗ったが、夜間の航行中に眠りこけ、翌朝目を覚ますと、船は空っぽで、見知らぬ殺風景な港に停泊していた。

港や港町を歩き回ってみたが、ほとんど人影はなく、ようやくホテルを見つけると、入り口にいた二人の女に声を掛けられた。中へ入って、そのまま女たちと数日過ごした後（ここでドイツ人は饒舌になり、愛の秘儀をめぐる情報をとめどなく披露した）のある日、入ってきたドアが開かなくなっており、他に外へ出るドアはまったくないことに気がついた。他方、女たちは奇妙な言語を話し、彼を馬鹿にしているように思われることもあったという。最初、彼は不安を振り払おうとした。豪華なグランドホテルの全室を思いのままにして、二人の女性の相手をしていれば、出て行った妻や息子たちのことを忘れていられる。だが、ある時やはり耐えられなくなった（私も閉所恐怖症と無縁ではないし、人を小馬鹿にしたような女たちとまともに話もできぬまま味わう疎外感も理解できるが、彼はいかにも恥ずかしそうにこの部分を話した）。そして屋上から逃げた。

しばらくの間、道連れは猫だけだった。そこから眺めていると、町には通りも広場もなく、建物が隙間なく並んで、屋上しかないように見えた。意を決して屋上のドアから隣の建物に忍び込んでみると、そのドアから戻る以外の方法で外へ出るためには、トンネルのような通路を辿るしかなさそうだった。不安やとまどいはあったが、トンネルを次々と抜けていくと、紆余曲折の末に行き着いた先は、閉ざされた荒涼の地だった。

今度はホテルと二人の女を捨ててきたことを後悔しながら、再び悲嘆に暮れる生活が始まったが、ほどなく何とかこの中庭に辿り着いた。その前にも幾つか冒険があり、彼によれば、その間に発狂寸前までいったという。

道中に一度、擦り切れた外套姿の男に外国語で身振り手振りを交えて話しかけられ、右手から綴り状にぶら下げた宝くじを買うようしつこく追い回されることがあって、振り払うのに丸一日かかったそうだ。

別の場所では、壁にはめ込まれた大型水槽で、裸のまま緑色の水に沈められた娘が窒息して死ぬ光景を目にしたが、助けようにも何もできなかった。どれほど体当たりしてもガラスはビクともせず、その時に外れた肩がじめじめした気候になると今も痛むという。

16

この中庭と繋がっている人は他にもいるということだった。ドアの付いているもの、いないもの、壁には様々な穴が開いており（ベルムーデスはいつも気をつけているよう勧めたが、これまでのところ危険は何もなかった）、そこから、ベルムーデス、ドイツ人、「薬剤師」と呼ばれる男（理由はわからなかった）、フランス人、「本物のドイツ人」、私の順番でこの場所に辿り着いたそうだ。フランス人は生粋のフランス人で、彼らとなかなか意思疎通ができなかった。ベルムーデスによれば、薬剤師は頭のおかしい男で、この場所に到着したいきさつを話すといつも内容が食い違い、どうやら実際には鉄道技師ではないかということだった。本物のドイツ人は、ドイツ人と時折言葉を交わすだけで、いつも何かを待ち伏せるような攻撃的沈黙に塞ぎ込んでいたが、数日後、誰にも目撃されることなく、また、理由も手段もまったく不明のまま、ふっつりと姿を消したという。フランス人と薬剤師は、私が到着する少し前に、この周辺、つまり密林の探険に出掛けたという。あまりに帰りが遅いので、ベルムーデスはかなり心配していた。

彼とドイツ人は、私が最初に想像したよりはるかに複雑な仕事を交代でこなしていた。後には私も作業に加わったが、それまでの間は、毛布にくるまって地面に座ったまま、火のそばで長時間過ごした。ドイツ人は、薪を大事に使いながらも必要に応じて火を煽り、消えることのないよう絶えず目を配っていた。私は体の許すかぎりあれこれ思索を巡らせ、やがてまたメモをとるようになった。

生活環境は悪くなかった。ベルムーデスが休暇用に準備していた食料はとてつもない量に上り、我々は少しずつインスタント・コーヒーや粉ミルク、缶詰などを消費していた。数日前狩に出たときに仕留めたという鹿の肉も、まだ残っていて食べられた。塩漬けにした後に火を通して保存用にしていたが、すでに腐臭が漂い始めており、次はいつ狩に出ようかとすでに相談が始まっていた。計画の実行を見送っていたのは、フランス人と薬剤師の帰還を待っていたからであり、また、私のことも気にしているようだった。人が離散するのをできるだけ避けたかったのだ。

ベルムーデスとドイツ人は定期的に髭を剃っており、すでに一度髪まで互いに切り合ったという。ベルムーデスは道具を提供してくれたが、私は鏡で自分の顔を見たかっただけで、最初から髭剃りは断った。どんな顔になっていたとしても、それはそれで意義のあることで、辛い日々を生きた証、旅行記のようなものだと私は考えていた。だが、それまで長い間ずっと自分の顔をまったく見ていなかったので、鏡を借りて見てみると、見覚えのない顔を前に、奇妙な印象を抱いた。自分の顔を忘れていたような感覚に囚われたのではなく、それが自分の顔であるという確証が持てなかったのだ。うまく説明はできないが、鏡で自分の顔を見ることで、何か重要なものを失くしたような気までした。

小さな鏡で、水銀の剝げた箇所はあったものの、像を歪めたりはしなかった。私の書き方に多少誇張はあるかもしれないが、自分の顔を見ながら感じたのは次のようなことだった。痩せこけた男、ぼさぼさに伸びた剛毛のおぞましい塊、狂人の目、何年も伸ばし放題にしたような髭。かつて一年ほど髭を剃らなかった時期があったのを思い出したが、当時でさえこれほどではなかった。

髪は時々カールしながら四方八方に伸び、額にかぶさって間抜け面を作っていたが、唯一の救いは目で、そこには、いつになく鋭い輝き、野性的な知性が漂っているようだった。切れ長で小さくなっており、狡賢さが垣間見えるとともに、瞳には熱と偏執狂の光があった。

いずれにせよ、髭は剃らないという決意は揺るがず、親切にも髪を切ってくれようとしたドイツ人の申し出も丁重に断った。手で後ろへ撫でつけるようにして少し整え、間抜けな印象を与えぬよう、額をしっかり出しただけだった。

日暮れとともにベルムーデスは私に言った。

「あなたは今のところまだお客さんですが、すでに体はかなり回復したようですね。今晩しっかり休んだら、明日から見張りに協力してくれませんか」

彼の説明では、夜どんな危険が迫ってくるかわからないから、一晩中見張りを置く必要があるという。現在ここには二人しかいないので、かなり辛い仕事になっている。もう十分体力は回復しているから、今夜から数時間でも見張りに加えてほしい、私はこう主張したが、ベルムーデスは二十四時間の猶予に固執した。そして二人とも、もうしばらく寝袋を使って温かく快適に夜を過ごすよう勧めた。

ベルムーデスは分厚い服の上に外套を纏い、耳当ての付いたハンチング帽を被った後、腰に提げて携行する拳銃を整備して、いつでも撃てる状態にした。そしてリュックサックから懐中電灯を取り出し、灯油ランプの火を弱めた後に吹き消して、おやすみと言った。

「現在零時ちょうどです」彼は言ったが、なぜ時間がわかったのか不思議だった。「四時にはドイツ人と交代します。八時に全員起床ということで」

17

「八時です」ドイツ人の声に起こされた。よく眠れなかった。枕に頭を乗せた瞬間からドイツ人のいびきが始まり、寝袋は心地よかったものの、何時間も眠れぬまま不安に身を捩じらせていた。この出会いがどんな意味を持つのか、まだ考えがまとまらなかったし、想像もできなかったが、それでも私は興奮していた。嬉しいとは思ったものの、得体の知れない不安も残っていた。孤独に慣れ過ぎていたのかもしれないし、多くの面で素晴らしいと思われてもまだしっかり意志疎通ができない人々との共同生活が重荷になっていたのかもしれない。

テントで動きがあって目を覚ましたのは、ようやくうとうとし始めた直後だったと思う。状況を確認し、見張りの交替だろうと見当をつけた。すぐにベルムーデスのいびきがドイツ人のいびきに代わった。

朝食はまたもやクラッカーとインスタント・コーヒーだった。何の変哲もない一日だったが、探険隊の消息が知れず、緊張感が募っているようだった。当然ながら彼らの話も出たので、二人の履歴もおぼろげながらわかった。ベルムーデスは、薬剤師が狂人だと何度も言い張った。

「一度は」彼は言った。「竜巻に飲まれてここへ来たと言っていたのですよ。ボートで釣りに出掛けたら、いきなり竜巻に襲われたとね。でも、彼には」指差されたドイツ人は、頭を何度も軽く動かして、話を聞く前から頷いた。「歯医者へ行って抜歯をしてもらっているところだったと言っていたのです。歯が一気に抜けるのを感じて目を閉じ、何も感じなくなったところで目を開けてみると、診察室が空っぽになっていた、しばらく血を吐き続けた後、退屈して出ていくと、まったく違う場所にいた、そんな話です」

ドイツ人はまた頭を動かして頷いた。

「別の機会には」ベルムーデスは続けた。「まったく別の話を聞かされました。何台か車両を引く蒸気機関車を運転していて、いつものトンネルを抜けると、その先の信号機のところでレールが途切れており、まったく見知らぬ場所へ踏み込んでいた、降りてみると、機関車には彼一人しかおらず、他の車両は消えてなくなっていた、というのです。ただの嘘つきではないでしょう。普段はしっかりした男ですからね。ちょっと頭がおかしいのでしょう」

そしてフランス人の話になった。ある日、小川のほとりの木陰で本を読んでいた彼は、こっそり近づいてきたライオンに今にも襲われそうになっていたのに、まったく何も気づかなかった。これを見たベルムーデスは、過《あやま》たず銃を発射し、一発でライオンを仕留めた。どうやらフランス人は冷淡な男らしく、命を救ってくれた相手に優しい態度で感謝を伝えたものの、ベルムーデスによれば、彼の心の奥には完全な無関心があるという。見かけ以上にスペイン語ができるはずなのだが、会話に加わろうとせず、いつも我関せずの態度で肩を持ち上げて背を丸め、本を読んでいるかポケットに両手を突っ込んでいるかのどちらかで、視線を上げることがあっても、密林か、どこかありもしない一点を見つめている。ライオンの一件以来、ベルムーデスとは距離を置いていたが、大壁のドアの一つから出てきたところで再び接触した。いずれにせよ、口数は少なく、ベルムーデスの言う偽りの言葉の壁を隠れ蓑に使っている。

今度はおずおずとドイツ人が口を開き、話を猥談のほうへ持っていった。零時になると、ベルムーデスは私に時計と懐中電灯と拳銃を渡し、いくつか指示を与えた。

「いいか、この懐中電灯で悪戯するんじゃないぞ」突如なれなれしい口調になって、私は親近感を持った。「電池がなくなるからな」

テントへ入る二人に、私はおやすみと言葉をかけた。真っ暗で何も見えず、手探りで泉のところまで辿り着いてそこに陣取ると、新たな仕事の責任感に緊張しながらも、無意味な用心と思われて不愉快でもあり、そんななかで初めての見張り番が始まったが、あの晩私は、数日後にフランス人が自分で行うことになる作業の手間——拳銃で頭を打ち抜く——をうっかり省いてやりそうになった。

18

「お前、気でも狂ったのか《エスク・チュ・エ・フォル》？　俺だ《セ・モワ》、くそったれ《メルド》！」怒り狂った声のフランス語が聞こえた。私はすっかり退屈しており、大理石の泉の縁に腰掛けていると寒いので、足を地面に打ちつけて温めたり、辺りを歩き回ったりしていた。足音が聞こえたのは、二時間後ぐらい、つまり見張り番の約半分が終わった頃だと思う。

「そこにいるのは誰だ？」私は叫んだつもりだったが、すぐにわかったとおり、その声は小さすぎた。答えがないので私は黙り、門の開く軋みの音に耳を傾けた。怯えた私は、今度こそめいっぱい大声で「止まれ、撃つぞ！」と言った。ところが私は、フランス人に名乗り出る時間すら与えなかった。指が勝手に引き金を引き、長く銃声が響き渡った。そこでフランス語が聞こえた。テントで眠っていた二人も起き出して叫び声を上げ、ランプを点けようとした。後でベルムーデスに懐中電灯を使わなかったことを咎められたが、実際には、最初の物音を聞いたときから私は懐中電灯を向けていた。ところが、電池の浪費を避けるというので、随分前から誰も点けたことがなく、ちゃんと使えるか確かめもしなかったせいで、壊れたまま放置されていたのだ。

我々はフランス人を囲み、無傷であることを確かめて安堵した。一人で戻ってきたのだが、その時は動じる様子など微塵もなかった。ようやく興奮が静まると、ベルムーデスは気にかかっていた質問を向け、何があったのか訊ねた。

「別に何も」フランス人は落ち着き払ってこう答えた後、フランス語とスペイン語を混ぜた言語に正体不明の語彙を加えてたどたどしい説明を始め、密林探索が成果に乏しかったことを伝えた。「動物も人もまったく見当たらない、物音ひとつしないところを二人で丸一日バカみたいに歩き回ったよ。すぐに密林は鬱蒼として、山刀なしには前へ進めない。ブルドーザーを調達しないと。まあ、そんなことをしても、意味はないと思うけどね」肩をすくめながら彼は話し終えた。ランプの光を受けた顔は美しく、輪郭を縁取る直毛の長い髪や長く伸びた黒い髭とともに、赤っぽく反射していた。三十歳か、もっと若いだろう。

「それで、薬剤師はどうした?」明らかに落胆してベルムーデスは訊いた。フランス人はまた肩をすくめた。

「あいつは狂ってる。動く光が見えるとか言い出したが、俺には何も見えなかった。その光を追いかけて、夜明けまで一晩中俺を連れ回したんだ。《何の光だ?》俺が聞くと、あいつは怒って、《あの光だ、見えないのか、あの光が?》次の日の夜は、もう一緒に歩くのもうんざりで、俺だけ木の下で寝ることにした。そしたら姿をくらませてしまった」

我々三人、とりわけベルムーデスは、密林の木の根元で眠ったというフランス人の落ち着き払った態度に驚愕していた。そして互いに目を見合わせて不信の念を確認した。他にもおかしな点はいくつもあるが、とりわけ不可解だったのは、真っ暗闇でフランス人がどうやって中庭まで戻って来られたのかだった。ベルムーデスは直接質問をぶつけた。

「運が良かった」またもや肩をすくめながらフランス人は答えた。そして無邪気な態度で付け加えた。

「何とかなるもんだ」

ドイツ人がインスタント・コーヒーを淹れた。飲み終えたところで私は見張りの交替時間だと気づき、時計その他の装備をベルムーデスに渡した。

テントは二人用であり、スペースは広かったが、やはり窮屈になった。私はベルムーデスに話して、昂ぶった神経と寒さのせいでまた気分が悪くなるといけないので、八時過ぎまで寝かせてもらうことにした。彼はランプを置いて泉の縁に座り、懐中電灯を調べていた。他の三人はテントに入った。

眠りに落ちる前に、なぜフランス人の話が怪しいのか思いついた。時間の経過だ。彼はわずか二日か三日留守にしただけのような話しぶりをしているが、薬剤師とともに探険に繰り出したのが私の到着の直前だったとすれば、少なくとも十日から十二日は経っていなければおかしい計算になる。結局私はなかなか寝つけず、よく眠ることもできなかった。それなのに、ベルムーデスへの懇願もむなしく、他のメンバーとともに八時に起こされた。

その日は一日中、陽の射す地面に寝転んだり、テントへ逃げ込んだりして、ずっとうとうとしていた。フランス人と話す機会もあった。ライオンの話も含め、ベルムーデスから聞いていたのと同じ内容だった（だが、ライオンが射殺されたずっと後になっても、フランス人には自分がフランスの外にいることがわかっておらず、なぜパリ郊外のセーヌ河岸にライオンが現れたのか合点がいかない様子だった）。他の面々と較べ、フランス人の話は奇抜な事件に乏しく、自分の内側に流れる特別な時間にばかりこだわって、聞くかぎり別段重要とも思えない細部を延々と語っていた。それで私も、この男には独自の時間感覚があるのだと納得し、ようやくこの一連の事態について真剣に相談することのできる相手が見つかったように思った。だが、彼は肩をすくめて黙り込むばかりで、その後、ごちゃ混ぜの言葉でこんなことを言った。

「さあね、俺は驚いてなんかいないよ。原爆とか、ほら、時空間の裂け目とか、レーザーとか、相対性とか」すべてを手でかき混ぜ、大きく曖昧なジェスチャーを取ることで、彼は話の内容に整合性を持たせようとしているようだった。その後も彼は話を続け、概して万事に無頓着に見えても、実は私と同じくらいいろいろ考えてきた様子が見て取れた。薬剤師のことに話が及ぶと、彼の到着をめぐる三つの異なる説明は、実際のところ矛盾するわけではないと思うと言い放った。

「誰にもわからないさ」フランス人は言った。「俺は事実が重要だとは思わないし、すべての事象が説明可能だとも思わない」

私が円環状の場所という仮説を持ち出すと、彼も同じことを考えたことがあると言った。

「でも、何事にも確証が持てない世界だからね」彼は付け加えた。「この場所について、俺には一つ、筋の通った見事な仮説があるのだけれど、それを証明することはできない。俺の見るところ、雲か何か、よくわからないけど、そんな特別な物質があって、俺たちはそれに触れられたか包まれたかしているんだと思う。その物質が俺たちの望みや恐怖を形にするんだ。面白いのは、みんなそれぞれ、ここへの到着の仕方は様々なのに、それが一人ひとりの人格に対応しているように思えることさ、そうだろ《ネスパ》?——この《そうだろ《ネスパ》?》を乱発するので、今でもフランス人について最も鮮明に覚えているのはこの言葉だ——みんなの話を聞いているかぎり、全然違う、相互に何の繋がりもない場所みたいに思えてくるけど、それでいて、地理的に見ても、皆同じ時間にすぐ近くにいたわけだろ」もちろん、彼はこのすべてをゆっくりと何度も沈黙を挟みながら語っていった。

ここから脱出することが可能だと思うか私は訊いてみた。

またもや彼は肩をすくめた。

「いったい何のために?」逆に質問された。

実は私もすでに同じ質問を自分にするようになっていたのだが、いつも後回しにして明答を避け、安易なイメージを持ち出してお茶を濁していた。今こうして生身の人間に同じ質問をされてみると、答えはもっとあやふやになった。

「それは……」ためらいがちに私は言った。「たとえば、女性がいて……　名前はアナ……」

だが、もはやこれは事実ではなかった。アナの姿はすっかりかすんでいた。顔を再現するため、目や唇を思い出そうとしたが、無理だった。少し当惑気味にフランス人は黙って私を見つめ、呑気に煙草をふかしていた。

数日前から私の内側で苦悩が新しい画像を結び始めていたが、まだ初期段階で、はっきりした構図が見えてこなかった。進度が遅く、それを意識する私の心も鈍かったが、前進していることは間違いない。自分の体験に他人の体験談が加わり、この場所の次元が信じられないほど広がっていくにつれて、実は無限ではないかとさえ思われてくる。同時に、私が日常生活と呼んでいたもの、つまり、売店前の角に広がる灰色の壁で終わる過去は、アナとともにすでに溶解して遠く小さな世界となり、今や、この見知らぬ場所で、見知らぬ者たちに囲まれて過ごすのが私の日常生活になっている。

私は自分に話しかけるようにぽつりぽつりとこんなことを語っていった。フランス人は微笑んだ。

「もちろん」と言う彼の口から煙草の香りが届き、病に倒れて以来自分が煙草を吸っていなかったことに気がついた。「でも、何を根拠にここが見知らぬ場所だと判断するんだい？　自分が残してきた生活かい？」

彼の言うとおりかもしれないとも思ったが、それでもなぜか私はノスタルジーにしがみついていた。この場所の危険について触れると、フランス人は笑い出し、交通事故の可能性を持ち出すのみならず、暴力的殺人事件に関する統計まで暗唱してみせた。単なるその場のでっち上げかもしれないが、そんなことはどうでもいい。さらに彼は、病的なほどしつこく様々な事象を数え上げた。原子力の脅威、人口爆発、環境破壊、等々。

もちろん私は陰鬱な気分になった。自己保身のために私は、フランス人が知らない何か、感じられない何か、自分でも説明できない何かがきっとあると思い込もうとした。それでもやはり悩み続け、窮屈な思いで人を避けるようにもなった。特に私の頭に残ったのは、あの「いったい何のために？」だった。きつい言葉だった。

その日から、私に仕事を分担させるための圧力がかかり始め、翌日にはそれがいっそう激しくなった。次第にそれが私には煩わしくなってきた。また見張り番が回ってくると、文句は言わず、機械的に引き受けた。いつも頭は活発に動き続け、やがて麻痺状態になって、どんな思考もはっきりした形を結ばなくなった。

夜明け近く、見張り番が終わりに近づいていた頃、それまで言葉で捉えることができていなかったある考えが押し寄せて来た。

「ここから出なければいけない」私は小声で呟き、この発見に自分でも驚いた。「たとえ向こうへ戻るのではないとしても」

少なくともこの中庭から出ていかねばならない、それは私にとって明らかだった。他の連中がどう考えているのか知らないが、私は一生ここにとどまるつもりなどない。何のために、などと考える必要はなく、とにかく出ていかねばならないのだ。何のためか、後でわかるかもしれないし、一生わからないかもしれないし、そもそもそんな問い自体存在しないのかもしれない、私は思った。だが、出ていかねばならない、理由は簡単、ここにとどまる理由がないからだ。だが、ここで私は、ずっと心に引っ掛かっていたもう一つの言葉を思い出した。

「人間を悩ませる不幸の大半は」フランス人はこれがパスカルの引用であることを明かした。「誰も自分の部屋にずっと籠ってはいられないところに起因する。まあ、心配はいらないさ」優しい微笑みを浮かべて彼は付け加えた。「俺にだってできはしない」

19

翌日には重要な出来事が起こった。昼食後のことで、私は格子柵のそばで怠惰に陽を浴びていたが、フランス人にもらった新しいボールペンを早く使ってみたかったこともあり、時々あれこれ細部を思い出しながらメモを取っていた。

まず、夏物の服を着て寒さと恐怖に震えた娘が現れた。すぐに我々は毛布を渡し、できるかぎりの応対で落ち着かせようとしたが、娘はまったく口を開かず、途切れとぎれにすすり泣くばかりだった。そして、時に泣きやむことがあると、我々を不信の目で見つめた。数分後、同じところ――格子柵の反対側の大壁に開いたドア付きの穴――から、小柄だががっしりした男が濃い髭と禿げ頭を見せて現れると、人畜無害な外見だったにもかかわらず、彼の登場によって娘がパニックに陥り、ヒステリックな叫び声を上げるばかりか、どこへ行けばいいのかもわからぬまま逃げ出そうとする始末だった。他の面々の反応を見て、彼が薬剤師だと私にはわかった。

「頼むよ！」彼は頭を抱えて必死に叫んだ。「この子に、俺はそんな悪者じゃないって説明してくれよ！」

私とフランス人が自分と同世代に見えたのか、あるいは、何か他の理由でそれほど悪者に見えなかったのか、ともかく、娘は我々二人に身を守ってもらおうとした。二人していろいろ言葉をかけて宥《なだ》めると、少しは落ち着いてきたようだった。だが、それでも彼女は口を開かず、半径三メートル以内に薬剤師が近づいてこようものなら大暴れを始めた。

その直後、同じ大壁の、娘と薬剤師が出てきた穴より向こうの、もっと高い位置に開いた穴から子供が頭をのぞかせたかと思えば、平然と我々一同を見回し、地面に飛び降りて一直線に娘の両腕に飛び込んできた。彼女のほうも笑顔で子供を受け入れ、なんとなくこれで事態は落ち着くように思われたが、私には何が何だかさっぱりわからなかった。

最初に薬剤師が説明を始めたが、彼は娘と子供のことにはまったく触れなかった。

怪しい光が本当にあったのかどうか、彼とフランス人の間で議論があり、ようやく薬剤師は腹をくくって最初から最後まですべて話すことにした。

「俺は小さな光を追って歩き始めた。青味のある白い光で、不規則に点滅しながら移動していくんだ」彼の話し方にはイタリア語訛りがあり、どうやらブエノスアイレスの人間らしかった。「やっと追いついたと思ったら、もっと向こうで光が点る。蛍を捕まえようとする子供と同じさ。やがて夜が明けて、光が見えなくなる。気づいてみると、密林の草木はまばらになっていて、すぐに、切れ目というか、広い空き地に辿り着いた。ちらほらと黄色っぽい草が生えているだけで、あとは何もない空っぽの土地がずっと遠くまで広がっているんだ」

娘が毛布をかぶってもまだ軽く震えていることに気づいて、フランス人は少し火を強めようとした。そして彼女を脇へ導いて何か話しかけたが、私の見るところ、相変わらず娘は黙っているようだった。ただ、子供がやってきたことで、不安は少し和らいだようだった。続いてフランス人は、怪しい小瓶に入った飲み物を娘に勧め、それを見て私は、きっとどこかに酒を隠していたのだろうと思った。だが、彼らの様子をじっと注視していたわけではなく、むしろ薬剤師の話に意識を集中していた。

「随分長い間、歩いても歩いても木の一本も見えなかったが、やがて小山らしきものが見えて、近寄ってみると、鉱山の入り口のようだった。そこから中へ入って歩き続け、外から光が届かなくなったあたりでふと気づいた。一定間隔でガスランプのようなものが点っていて、そのおかげで結構明るかったんだ。

やがて、坑道の壁にドアを見つけた。それがなんとも不思議なドアで、結構きれいというか、新しくて、塗装も剥げていなかったし、よく光る銅のノブまでついていたんだ。開けてみると、反対側には、劇場のように広いスペースが広がっていた。おまけに、半円形に椅子が並べられ、その真ん中に演壇のようなものまで置かれていた。人の気配はなく、入って細かく調べてみたが、半円の反対側、ちょうど演壇の後ろあたりに黒幕が掛けられていて、その裏にドアが一つ隠れていただけだった。そのドアから短い通路へ出てしばらく進むと、空き瓶やいろいろな容器が山積みにされた物置のような場所があった。鉄格子のついた小窓があったので、そこから外を眺めてみると、見たこともないほど大きな養鶏場があって、鉄条網に囲われた大きな空間に、何百、何千という鶏がいた。

物置にはもう一つドアがあって、そこから出た後は、数えきれないほどの通路や場所を次々と通り過ぎた。ようやく前に見たような真新しいドアにぶち当たって、開けてみると、豪華な部屋に通じていた。そこにそのお嬢さんがいたんだが、俺の姿を見るなり金切り声を上げて駆け出し、別のドアから逃げていったんだ。スペイン語で《人殺し！》とかそんな言葉が聞こえたから、ちゃんと話を聞いてもらおうと思って、俺は追いかけた。必死で《怪しい者じゃない》と叫んでいるんだけど、全然止まってくれなくて、妙な部屋をいくつも通り過ぎたよ。怯えた目で俺たちのことを見る人もいた。相変わらず彼女は金切り声を上げて逃げ続け、そのうちトンネルに差し掛かって、そのまま進んでいたらここまで来たんだ」

長い沈黙があった。そろそろ陽は傾き始め、無意識に誰もが焚火に近づいてきた。フランス人の作戦は少しずつ功を奏していたようで、彼はすでに金髪の子供と遊んでおり、娘も次第に心を開き始めたようだった。私の頭に一つ考えがひらめいた。

「あなたがフランス人と一緒にこの中庭を出発してから今まで、どのくらいの時間が経ちましたか？」この質問に、薬剤師は驚いた様子だった。

「ええ？」とだけ彼は言った。そして、しばらく眉を顰めて考えてから答えた。「さあね、三日ぐらいだろう」

誰もが不安な様子で顔を見合わせた。反論したかったのか、ベルムーデスが何か言いそうな素振りを見せたが、そのまま黙っていた。空間の歪みが時間にも影響を及ぼすことを納得した様子だった。

そのうち会話は事務的になったので、私は彼らのもとを去り、火から少し離れたところにいたフランス人と娘に近づいた。

「彼女の名はアリシア」笑顔でフランス人は伝えた。子供を膝に乗せていた。「そしてこの子は彼女と無関係。この場所の、別の家族の一員で、よくわからない言葉を話す」

私はじっと子供を観察し、探険の初期に見た人々の特徴――肥満、ぶしつけさ、等々――をまったく備えていないことを確認した。もちろん、まだ幼すぎて――どう見ても七歳にもなっていない――そうした特徴が十分発達していないだけかもしれないとも思った。後に、アリシアの断片的な話を通じてわかったところでは、彼女は別の地区から来ており、そこに住む人々は私が見てきた人々とまったく違うのだった。

我々の集団にとって危急の課題は、寝る場所の確保だった。特に焚火を囲む者たちにとって、これは深刻な問題だった。女性が現れたことで彼らは窮屈な思いを味わっていた。それにひきかえ、私にとってこれは歓迎すべき事態だった。女性の声を聞くだけで心地よかったし、女性がそばにいると思うだけで、どこかで心理的、肉体的メカニズムが調整されていくようだった。おかげで体の回復も軌道に乗り、自信がついてきたようにさえ思う。おそらくフランス人も同じだったのだろう。

焚火を囲む者たちは、どうやって五人で寝るか、見張り番をどうするか、あれこれ議論を続けていた。テントでは三人までなら比較的快適に寝ることができるが、娘が寝るとなれば、その横に誰かを寝かせるわけにはいかない。思わず私は吹き出しながら言った。

「アリシアはもう眠いようです。早く話をまとめてくれないと、一週間ずっと誰も眠れなくなりますよ」

この一言で議論は途切れた。ベルムーデスとドイツ人がテントへ急いで寝床の準備を整え、見張り用の装備と余った毛布を持ち出した後、寝袋でゆっくり休むようアリシアに言った。彼女は疲れたような笑みとともに立ち上がり、子供を連れてテントに入った。

「これで問題は一つ片付きました」私は言った。「アリシアと子供がひとところに寝るので、あとは、七人から一人減って、六人でどう寝るかですね。私としては、もう一人テントで寝ても問題はないと思います。ちょうど昨夜は私が見張り番で大変疲れたので、私がテントで寝るということでいかがでしょう。別段魅力的な女性というわけではありませんし、邪《よこしま》な意図などまったくありません。ただ快適に眠りたいのと、みなさんの行き過ぎた羞恥心を打ち壊したいだけです」

だが、ここでフランス人が反論した。今夜は自分が見張り番だから、ゆっくり休んでおきたい、他の人たちが見張りの順番を決める間、少し休ませてもらうことにする、娘が嫌がるかどうかは本人の問題で、他の人が決めることではない。それだけ言い終わると、毛布を手に取ってテントに入ったが、どうやらアリシアが抵抗する様子はなかった。

男たちの一団には恨みのこもった沈黙が流れた。私も少し恨めしく思ったが、フランス人の振る舞いはあっぱれだった。私は毛布を摑み、焚火に近いところに横になった。ベルムーデスは怒り心頭で真っ青になっていた。鉛筆と紙を火に投げ捨て、こんなことは許されないと言った。ドイツ人と薬剤師も重々しく頷いた。

「たいした問題ではありませんよ」皮肉を排してできるだけ優しく響くよう心がけながら私は言ったが、彼らはまだぶつぶつ言っていた。寝ている間も色々な言葉が耳に入り、最低限の規律とかそんな話をしていたようだが、私はすでにぐっすり眠っていた。

20

アリシアの話を聞くかぎり、彼女の辿った道のりは、この場所に迷い込んだ当初の私の冒険をほぼそのままなぞっていた。私と同じく、一方向にしか進めないドアのついた部屋――というよりアパート――をいくつも横切った。人が住んでいると、それはたいてい家族だったが、ただ、私が見てきた人々と少し系統が違うようだった。もう少し我々に近いと言えるのだろうか。ただ、その言葉はやはり理解できなかった。振る舞いも違っていたようだ。優しい態度も見られ、分厚い言葉の壁にもかかわらず、多少の相互理解は可能だったという。今我々のもとにいる子供は、その時に出会ったある家族の一員だった。不思議な子で、しばしば姿をくらませて両親を当惑させていたようだが、会った瞬間からアリシアになついてきた。彼女が家族のもとを離れて前進を続けた後も、その子は彼女の知らない道を辿って何度となく姿を現した。何度も家へ帰るよう説得したが、そのたびに結局は彼女のもとへ戻ってきた。今のところ、この中庭から出ていく様子はない。

アリシアが辿った場所と私が辿った場所の根本的相違のうち、重要なのは次の二点だろう。第一に、アリシアの見てきた人々は仕事をしていたこと。男たちが、彼女には仕組みのわからない機械を使って一日何時間も作業をこなす一方、女たちは料理や掃除をしていたという。そして第二に、アリシアの見てきたアパートは特別な装置で監視されていたこと。壁には小さなレンズやマイクが埋め込まれており、その目的はおそらく住人たちにも知らされていない。誰かが手を触れるとその金属部から強い電気ショックが走るせいか、彼らはその装置に宗教的畏怖心すら抱いている。

この時は、どうやって中庭まで来たのかは言わなかった。娘は特定の記憶に差し掛かると神経を昂ぶらせることがあり、我々は苦労して彼女の断片的な話を繋ぎ合わせていくしかなかった。その一方で少しずつ集団にも打ち解け、薬剤師が近くにいても大騒ぎしなくなった。

その日も組織の問題をめぐる議論は続き、食料調達に向けた遠征も計画された。私はそんな退屈な議論には加わらず、予めどんな決定にも従うことだけ伝えたが、本当に彼らの提案を受け入れる気になるかどうか確信はなかった。

その日の未明、見張りの交代で私は起こされた。私より前に起こされたフランス人は目を腫らし、泉の水で顔を洗いながら、かすれた声で「クソ」と言っていた。ドイツ人と薬剤師は、テントの外で同じ一つの毛布にくるまって寝ていた。ずっと起きていたベルムーデスは、女性のいるテントでは寝ないという原則を忠実に守るべく、私が見張り番で空けたところにそのまま入って寝るつもりらしかった。

私は少しためらったが、テントの問題をこれ以上こじらせたくはなかったし、結局はフランス人と見張りにつくことにした。やはり彼らの議論に参加せざるをえないらしい。

二人で小声で話していると、見張りの時間も速く過ぎていくようだった。私は場所についての仮説をまた持ち出し、メンバーそれぞれがそこに至るまでの過程を検討してみた。話しているうちに、あらゆる可能性を網羅した素晴らしいカタログができあがり、他と相矛盾するようにみえても実はその一つひとつが見事な論理性と説得力を備えているように——少なくとも夜明け前の時間には——思われた。

二人の個人的見解には一致する点も多かったが、根本的な一点、すなわち、宇宙人であれ誰であれ、この場所の住人としてここを統治する生物の存在という点に関して、決定的な相違があった。フランス人はその存在を否定し、指導部など存在しなくてもすむ理由を巧みにあげつらった。とはいえ、彼にも私にも何も立証することはできなかった。

「それなら」私は議論のさなかに訊いた。「監視装置の存在をどう説明するんだ？」

「簡単なことさ」彼は落ち着いて答えた。「単にアリシアの誇大妄想だよ。自分が監視されるのを恐れるあまり、そんな監視装置をでっち上げて、あたかもそれが本当に存在するかのように現実を歪めたのさ」

私は納得しなかった。それと同じ理屈なら、フランス人という男自体も単なるでっち上げで、誰か話し相手が欲しいという私の切なる願いが生み出した幻かもしれないではないか。

「そのとおり」彼は微笑みを浮かべて認めた。「だが、そうともかぎらない。この場所、君の言う中庭が、実は集団的創造物かもしれない。みんなで集まらねばならないという必要から生まれたのかもしれない」

そこから彼は、実はベルムーデスも仮説を持っているのだが、不思議なことに、そんなことを思いついたこと自体を恥じているらしく、慎重に隠し通している、という話をした。ある晩フランス人に話したところによれば、彼は世界大戦が起こったと信じており、原子爆弾ですべてが変わった、人も場所も「ごちゃ混ぜ」になり、ピースはきちんとはまっているのに絵を結ばない欠陥品のジグソーパズルのようになった、そう思い込んでいるという。

二人ともしばらく黙っていた。そして私が口を開いた。

「君は本当に自分の仮説を信じているのか？」

彼はまた天使のような微笑みを浮かべた。

「いや」彼は言った。「俺は何も信じちゃいない」

太陽が顔を見せた。フランス人は、取り決めに逆らって別の場所にもう一つ、必要以上に盛大な焚火を起こし、コーヒーを準備し始めた。八時には全員を起こしたが、アリシアと子供だけはそのまま寝かせておき、結局二人は、大きな物音がしたときにも目を覚ますことなく、正午頃まで眠り続けた。私は集団から離れて泉の近くに腰を下ろし、メモを取り続けた。手書きは大変で、なかなか進まなかった。いろいろ目新しいことを書きとめておきたかったし、様々な仮説を検討してみたかった。ベルムーデスと薬剤師とドイツ人は交替で髭を剃り、フランス人はテントの外で毛布の間に場所を作って眠り始めた。

正午前、手も腕もすでに痙攣しそうになって私はペンを置き、火の周りにできあがっていた輪に近づいた。肉が完全に腐り始めているので、すべて焼き肉にして昼食に食べようという話だった。そこから食糧不足と狩の計画へ話題は移っていった。

彼らと話すのは不快だった。はっきりと言葉に出して言ったわけではなかったが、彼らを見ていると、私が何の努力もせず彼らの食べ物を食い潰して生きている（もちろんそれは事実だ）と思っている様子が明らかだった。私は狩に出るのも嫌だった。そして、何にもまして気に障ったのは、みんなずっとこの中庭にとどまり続けるのが当然だと思い込んでいることだった。やんわりとその話をしてみたが、誰も意に介さなかった。役立たずと思われ始めているのがわかり、罪の意識と結びついた恨みが私の内側に募った。

アリシアと子供が集団に加わった。娘のほうは上機嫌になり、ようやく心を開いたようだった。子供はフランス人を起こしに行き、彼は驚きながらも喜んで子供を迎えた。

昼食の間も朝の議論が続き、次第にいくつかのことが明らかになった。まず、一方にドイツ人と薬剤師とベルムーデス、他方に私、両者の間に溝ができたことだ。もちろんフランス人は私の側についたが、冷淡で無関心な態度をとっていた。実際のところ、議論の内容に興味などなく、自分の好きなようにしたい気持ちは明らかだった。それでも最終的に狩に参加することにしたのは、他の面々の圧力に屈してのことではなく、自分の意志だった。アリシアは我々の側に肩入れしていたが、様子を見るかぎり、それは単に私に好意を抱いていたからだった。娘と愛情関係が結ばれる可能性を予感して私は警戒し、彼女の思いをフランス人のほうへ向けるよう努めた。彼女は気づいていないようだが、フランス人はアリシアに惹かれているようだった。そして、子供は何も知らぬまま私とベルムーデスの仲介役となった。ベルムーデスは保守派のリーダー格だったが、他の二人ほど強硬ではなく、私にも寛容だったので、彼となら友好的に話し合いができた。それに対し、薬剤師は私と口を利こうともせず、ドイツ人は次第に私に冷たくなった。

午後、私は良心の呵責に苛まれた。ふと彼らの立場に身を置いてみると、彼らの言うことも一理あると認めざるをえないような気がしてきた。自分の態度が身勝手に思われ、何か協力する方法はないかと考えてみた。だが、どれも労多くして実りに乏しい気がした。また、その時はうまく説明できなかったが、たとえどんな形であれ、ひとたび彼らに協力すれば、それが自分の本当の気持ちを裏切ることになるように思われてならなかった。

問題の鍵が見つかったのはもっと後になってからだった。私は厄介な罠にかかっていたのだ。最初の数日間は、病気で彼らの看護を必要としたせいで、私は彼らの作り上げた仕組みに頼らざるをえなかった。誰かが見張っていてくれるおかげでゆっくり休めたのだし、彼らの調達した食料で生きながらえたことも否定するつもりはない。だが、まさにそれが罠だったのであり、それまでの私は、誰かに身を守ってもらう必要もなければ、誰かに食べ物をもらう必要もなかった。

そして今その必要に迫られているのは、彼らと生活を共にしているからだ。いったい、いつ、どんな理由で彼らのもとにとどまることを決めたのか考えてみると、それは単に成り行きに身を任せた結果にすぎなかった。快適な生活の罠にはまったのだ。冒険の初期に、まるで私のために作られたような快適な部屋の罠にはまったのと同じだ。ただ、今度の場合、そこに一種の取引が加わっている。彼らは、私がここにとどまることと引き換えに生活を保障する。ここを出ていくと宣言すれば、この私の決断にはじめは猛烈な批判が殺到するだろうが、やがて彼らの態度は軟化し、もはや何も求めることなくそっとしておいてくれるにちがいない。

彼らは、団結が力を生むという古い考えに縛られて私を引き止めようとしていた。こんな私でも、一人の人間に変わりはない。だが、日ごと私の気力は衰えていた。確かに、それなりに安全で快適な生活ではあったが、すべてが時間の無駄だった。それに、やがてわかったとおり、彼らが私を引き止めるのにはもう一つ理由があったのだ。すなわち、このまま中庭にとどまるという臆病な――そう、私より彼らのほうがこの点では臆病だった――態度に私まで巻き込もうとしていたのだ。

これまでどれほど時間を無駄にしてきたか痛感するにつれて、陰鬱な思いは募った。単に、この集団と遭遇して以来、何の因果かこんな場所にはまり込んで以来、ということではなく、今や私の人生全体が空虚で意味のないものになっていたのだ。もはや残っているのはバラバラになった小さな光の点だけで、それだけで嘆かわしい過去を救い出すことはまったく不可能だった。そして、この最終段階、暗闇に包まれたあの部屋で始まったこの人生の最終段階にあって、何も用はない、自分と関係がない、そう始めからわかっていたこの場所にすでに見切りをつけた今、なぜだらだらと滞在を引き延ばしているのか、自分にもまったく不可解だった。

確かに、出口がまだ見つかっていないし、見つけるのは難しそうだった。だが、最初の数日のように本当に必死で探しているだろうか？　どうやらこの場所に手懐けられ、その広がりが明らかになるにつれて、ますます軟弱になってしまったらしい。出口はまだ遠いようだし、すでにその存在すら疑わしくなっている。だが、だからといって、それがここにとどまり続ける理由にはならない。

あるいは、いっそ腹をくくってここにとどまることを決めるか。出口があるなどと思うからいつどこにいても不安を感じるのであり、そんな仮定を頭から振り払ってしまえばいいのだ。そうすれば、単独であれ、集団であれ、生活設計を一からやり直し、快適な暮らしを追求することができる。

だが、ここにとどまるなど、どう見ても滑稽で、改めて考え直しても、高笑いしか出てこなかった。ここ数日自分が何を考えたか思い返してみると、そこに嘘偽りはまったくなかった。どこかの地点へ戻ろうとか、そんな問題ではなく、ここから出ていきたいのだ。少なくとも、ここにとどまることを決意させるような事態に出くわさないかぎり。マベルのことはあったが、これまでそんな事態は起こっていないし、これから起こるとも思われない。

それに、マベル自体はここにとどまる理由にはならない。あれは幻だったのだ。最初の頃は、アナが現れて、日常生活への出口を探す私を勇気づけてくれたが、あれだって今考えれば幻だったではないか。こんなことを考えているうちに、私は長い瞑想にはまり込んだ。気がつくと、抽象概念を弄して迷走しており、思考は完全に停止していた。

いずれにせよ、もはや集団に対する罪の意識は消えていた。出ていく決意を固めただけで気が楽になった。今すぐ出ていくわけではないが、もはや決定は覆らない。それどころか、ずっと前からこの決意は変わっておらず、それを再確認しただけだ。だが、そのために必要なのは行動を起こすことであり、いつも私は行動に踏み切るまでがひと苦労だった。

翌朝、フランス人が自殺した。八時少し前に彼は、テントの外で被っていた毛布をはねのけて起き出し、見張り番にあたっていたドイツ人に拳銃を貸してくれと頼んだ。特に訝《いぶか》ることもなく、ドイツ人は銃を差し出した。

フランス人は拳銃を手に門まで歩き、門を開けっ放しにしたまま密林のほうへ二十歩ほど進んだが、砂利道からは外れていた。そこで決然と頭を撃ち抜いたのだった。

21

続く二日間は私にとって特に辛かった。フランス人の死体から数メートルのところに墓穴を掘る作業にも協力せず、埋葬の儀式にも参加を拒んだ。彼が自殺した朝も、格子柵越しに死体を眺めようとすらしなかった。

その後も、気の滅入るような議論に耐えねばならなかった。フランス人の振る舞いが誰にも理解できず、狂気の発作に囚われたのだと彼らは結論づけた。

私は何度も口を開いたが、そのつど何も言わず口を閉じた。フランス人のことをどう説明すればよかったのだろう？　誰も気にせず踏みつけるアリの通り道をじっと俯いたまま眺めていたことが一度ならずあった。星を長々と見つめていたこともあった。自殺を決心するまでには、一晩の不眠と思いつきよりはるかに複雑ないきさつがあったはずだが、そんなことが私に説明できただろうか？　本物の人生を生きる者にとって、時に人生は計り知れぬほど困難になり、特に理由などなくとも、耐え難くなることさえあるのだ。

アリシアは人目も憚《はばか》らず泣き崩れ、私の腕にすがりついて肩に頭を乗せたまま泣き続けた。他の者たちは、念入りに終油の儀式をこなしはしたものの、数時間後には、軽蔑を込めて、少なくとも無関心に、死者のことを話していた。

その日の午後には、次々と事件が起こった。

大壁のドアのない穴から女が現れた。外見はどう見ても売春婦だった。歳は四十くらい、長い直毛の髪は、随分前に金色に染めたらしく、根元に地の栗色が見えていた。唇を赤く塗りすぎており、目も顔の地肌も化粧が濃かった。服はどぎついほどけばけばしい赤と緑で、ハイヒールを履き、仕上げとでもいわんばかり、右の手首から派手なハンドバッグを下げていた。登場の最初から怒り心頭だった。

「あんたたち、いったい誰なの？」女は攻撃的な鋭い口調で言った。この質問に度肝を抜かれて我々は黙り込んだ。すると女は、ここから出してと言って喚いた。ベルムーデスが率先して宥《なだ》めにかかったが、話を聞かせるだけで大変だった。丁寧に言い聞かせても、女にはその内容が理解できず、ひたすらここから出せと言い張るだけだった。

「私はカフェのトイレに入っただけよ」女は言った。「化粧を直そうと思って。トイレから出たら、カフェがなくなっていて、代わりに巨大な寺院みたいなものがあって、円柱の間に空間が広がっていたのよ。歩いても歩いても誰も何も見えなくて、やがてドアが見つかったから、そこから通路を辿っていたらこんなところに出ちゃったのよ」

彼女は早口でまくしたて、高飛車な態度で我々を睨みつけて罪を押しつけながら、同じ話を何度も繰り返した。ドイツ人が進み出て、我々の誰もが同じような目に遭ったことを説明しようとした。マテ茶を勧められたが、彼女は不機嫌にこれを撥ねつけ、ハンドバッグに入れていた箱から黄煙草を取り出して火を点けた。

やがて、心を落ち着かせたわけではないにせよ、少なくとも怒りの矛先を我々に向けるのはやめた。

「こんなこと初めてだわ」彼女が言うと、誰もが頷いた。

アリシアは私のそばを離れなかった。その日の夜彼女は、シルビアと自称する女と一緒にテントで寝ることを拒み、呆然とする男たちを尻目に、テントの外に毛布を重ね、子供を間に挟んで私の隣で横になった。

翌日、緊張は最高点に達した。午前四時に薬剤師が私を起こしにきたが、私は一晩中まんじりともせず疲れ切っており、頭も混乱していたので、見張り番を頑として拒否した。すでに、アリシアも私の問題をさらにこじらせているような気がしていた。

すぐにアリシアとシルビアの反目は誰の目にも明らかになった。そしてとどめに、見張り番を拒否したという理由で、薬剤師とドイツ人が私への制裁を求め――その方法は不明だった――、おまけに、狩への参加を強要しようとした。

どうやら新参の女に興味を惹かれたらしいベルムーデスは、様々な問題をさほど意に介することもなく、それどころか、ドイツ人と薬剤師に敵対する態度まで見せ始めた。結果、その日の狩への出発は見送られ、食料は完全に底をついた。昼食は米と苦いマテ茶だけだった。

アリシアはようやく意を決して自分の話を始めた。その後、一緒にここから出ていこうともちかけてきた。「一緒に」とは、彼女と子供と私のことだ。私は、すでに出ていく決心はついているが、三人一緒とは思っていなかったことを打ち明けた。子供を連れていくのには反対し、彼女一人とならしばらく一緒に行ってもいいが、それでもやはりどこかで別行動に移るほうがいいと主張した。最後には、三人一緒に出発してもいいが、責任を負うつもりはない、という結論に落ち着いた。

彼女は、私に責任を負わせるつもりなど微塵もないことを説明し、子供のことも自分でなんとかすると請け合った。最後にもう一度だけ自分の自由な立場を強調した後、ようやく私は納得して、三人で出ていくことにした。

その日の夜、火を囲んで最後の米を食べながら、私は彼らに決定を伝えた。薬剤師とドイツ人は即座に抗議したが、ベルムーデスだけは、フランス人の自殺とシルビアの登場で態度を軟化させていたせいか、自らの帝国の崩壊を前にしても、さほど屈辱を感じてはいないようだった。ここ数時間でいろいろ思うところがあったのかもしれない。

売春婦は、身の回りの出来事に一切かまうことなく騒ぎを起こし続け、あれこれと要求をつきつけてきたが、ベルムーデスはまめまめしく彼女に仕えていた。ともかく、話し合いで次のように決まった。翌朝、アリシアと子供と私はここを出ていく（「結局のところ」薬剤師は呟いた。「こいつらはいつも役立たずだったしな」）。ベルムーデスとドイツ人は狩に出て、薬剤師は、前回の探険で見つけたという養鶏場への道をシルビアと一緒に探す。ところがシルビアは、テントに残りたいと言い張りつつ、一人になるのも絶対嫌だと言った。狩の名手を気取るベルムーデスは、自分がシルビアとともにここに残るわけにはいかないと断固主張した。やむなく彼女は翻意し、危険だからやめるよう説得するベルムーデスを押し切って、狩についていくことにした。

私は不思議な義務感に駆られ、養鶏場探しに伴う危険を薬剤師に説き伏せた。狩のほうがはるかに危険が少ないし、鶏ごときのために迷路のような出口のない場所へ踏み込むのはバカバカしい、そう私は言った。この場所にはまり込んで以来、色々と経験を積んでいたはずだが、それでも彼らは、低レベルの危険としか思われないものに対する感受性が鈍く、ゴリラや象の存在こそが最大の危険だという考えから抜けられなかった。実はそのとおりかもしれないと私は思った。

なかなか彼らは合意に至らなかったが、最終的には、養鶏場探しは延期することにして、ベルムーデス、シルビア、ドイツ人の三名が狩に参加、薬剤師は拳銃を持ってテントに残ることに決まった。幸い、我々の計画について異論を唱える者はなかった。

再びアリシアと子供と私の三人は同じ毛布で寝たが、私はその夜もなかなか寝つけなかった。すでに毛布の下で子供がぐっすり眠っているときになって、アリシアは囁くような小声で語り始め、その話が何度も私の頭をぐるぐる回っていたのだ。

自分の家で――彼女は言った――寝室に入ると、いつもと同じ部屋ではなく、もっと広く空っぽの、分厚い赤絨毯だけが敷かれた部屋になっていた。そして、隅に男がいるのを見て震え上がった。素っ裸で、酔っ払いか病人のような目をして、両腕をぶらりと垂らしたまま、彼女のほうへ近づいてきた。入ってきたドアに飛びつこうとして行く手を阻まれ、ちょうどその反対側にあったもう一つのドアに向かって駆け出したが、男に捕まえられて荒々しく床に叩きつけられた。

必死で叫び声を上げて相手を殴りつけた（少なくともそうしようとした）が、男はかまうことなく乱暴に彼女の服を剝ぎ取り、そのまま犯そうとした。彼女は頑強に抵抗したものの、男は規則正しく彼女を痛めつけ、顔や体を拳で打ちつけていった。唇から血が流れ、目も開けられなくなっていることに気づいて彼女は震え上がり、肋骨まで折られたらしく、痛みをこらえきれなくなってとうとう抵抗をやめた。

半分意識を失ったまま彼女は、男が疲れて眠るまで、何度も犯された。殺してやろうかとも思ったが、そんな道具もなければ、力も残っていなかった。這うようにしてドアまで到達し、開けてみると、そこは未知の部屋だったが、家具は整っていた。閂代わりに椅子をあてがい、ベッドで横になった。長い間眠っていたが、その間傍らから誰かに見張られているように感じたこともあり、そして目を覚ますと、手の届くところに食事と服が準備されていた。

その後は果てしなく続くアパートを次から次へと通り過ぎ、行脚に疲れると、誰もいない快適な部屋を選んでそこにしばらくとどまった。薬剤師が現れたのはその数日後のことで、また犯されると思ってパニックになり、必死で逃げた。

私が眠ったのは夜明け頃で、すでに空は灰色がかっていた。

八時に狩の部隊は出発したが、私がなかなか起きられず、我々三人は正午ごろまで中庭にとどまっていた。ようやく出発の準備が整うと、薬剤師はこれまでの恨みを忘れたらしく、仰々しく我々の手を握り、互いに心の底から幸運を祈り合った。

その前に他の面々と別れたときには、それほどの感動はなかった。狩のメンバーは緊張しており、私はまだ寝ぼけまなこだった。それでも、ベルムーデスはしっかりと長い間私の手を握った。そして、子供にキスするときも、感極まった様子だった。

「またどこかで会えるといいですね」出発の前にベルムーデスは私にこう言ったが、今度は私が薬剤師に同じ言葉を繰り返した。

我々はドア付きの通路を選んだ。ドアは簡単に開いたが、それまで誰も通ったことのない通路だった。私はドアの下に大きな石をあてがって閉まらないようにしておき、万がいち引き返す必要に迫られたときのために備えておいた。

新たな冒険に繰り出すというので子供は喜んでいた。通路は広く、子供を真ん中に、三人手を繋いで横並びに歩けるほどだった。

22

長く伸びては分岐し、分岐する以外何の選択肢も与えぬまま伸びていく通路の連続をやりすごすのにほぼ一昼夜かかった。どちらへ進むかの選択は、アリシアや、時には子供に任せた。三人ともほとんど眠れなかった。

通路へ入ったときから芽生えていた緊張感は、進むにつれてその意味合いを変えていった。最初は、比較的安全な隠れ家と仲間を捨てて、未知の世界へ再び乗り出す新たな冒険の緊張であり、熟慮の末の決断とはいえ、何日も平穏に暮らしてきた後では、そこに苦悩がつきまとうのも当然だった。

さらに、もう一つ別の不快感があった。同行するアリシアには、事前にしっかりこちらの条件を飲ませていたはずだったが、それでも、彼女と子供に対する責任の重みを感じずにはいられなかった。

一人のほうが随分気が楽だったことだろう。少なくとも、これほどの重圧にはならなかったはずだ。やがてそこに移動の疲れが重なり、またもや閉所恐怖症に襲われた。通路はこれまでで最も長く、果てしなく続くように思われた。穴などは開いておらず、実際には息が苦しいことはなかったが、換気システムなどはまったく見当たらなかった。

ようやく最後まで来ると、ありがたいことにそこは野外だった。歓喜とともに、何か新しい気持ち、自信か安心のようなものが感じられた。おそらくそれは、景色に見覚えがあるような気がしたからだろう。目の前には、視界を遮る塀の一つもない野原が広がっており、その時すぐ気づいたわけではなくとも無意識に感じ取っていたいくつかの構成要素のおかげで、いっそう気持ちが落ち着いたのだ。細い道、ユーカリの木立、そしてもっと向こうに鉄条網、さらに向こうにはかすかに牛が見えていた。草は緑で、空気には土の香りが漂っていた。

通路の端が階段になっていて、それを上りきったところで地面に開いた四角い穴へ出たのだった。そこから地上へ出て、辺りをよく見回した後、静かな景色のなかで行進を始めた。

かすかに人や動物の足跡の残る道を辿っていくと、集落が見えてきた。大きな土地に、小屋と小さな家が散らばっている。そしてもう少し向こうへ目をやると、建物がもっとたくさん集まっているようだった。

いくつか小屋を調べてみたが、そのうち三つは空き家で、どうやら放置されているらしく、四つ目にも人気はなかったが、最近まで人の住んでいた形跡があった。

我々はそのまま歩き続け、一番近くにあった家の前で立ち止まってみた。誰もいなかったが、作り立ての食事があるところを見れば、どうやら人が住んでいるらしい。

我々は食事と牛乳をとり、座って家主の到着を待つことにした。

夜になっても、誰も戻ってはこなかった。

私は不安になった。その時まで、疲労と不安が重なって家のなかをよく見ていなかったが、明かりを点けて、小さなベッドに子供を寝かせるアリシアの様子を眺めているうちに、もっと向こうに夫婦用のベッドがあることに気づき、やっとわかったような気がしてきた。結論を急いだわけではないし、具体的に幻想を抱いたわけでもないが、最初私は、これほど開けた空間を前にして、ここが今までとは違う場所だろうと勝手に思い込んでいた。だが実は、どうやらここでも同じサイクルが繰り返されているらしい。まるで待ってでもいたように家が現れ、我々の滞在が快適となるよういろいろ準備されている。書き物机はもちろん、タイプライターと大量の紙まで置かれている。

外へ出て、静かな星空を眺めてみた。これといって目を引くものは何もなく、これまで田舎で見てきた夜と変わるところはない。コオロギの鳴き声が聞こえ、ささいな物音に沈黙がのしかかっている。遠くから犬の鳴き声が聞こえ、別の遠吠えがこれに応える。空気は澄み、落ち着きを湛えている。気持ちのいい夜。何一つ不自由はないし、道連れまでいる。万事順調。

私は悲嘆に暮れていた。再び中へ入って肘掛け椅子に重々しく腰を下ろし、右手でこめかみを押さえた。アリシアが肘掛け椅子に近寄って床に膝をつき、組んだ私の両脚に頭をもたせかけてきた。

どうかしたのか彼女は訊いた。

そこで私はゆっくり話を始めた。頭を後ろへやって背もたれにあずけ、彼女の髪を撫でた。何が起こったのかわからぬままあの真っ暗な部屋で目を覚ましてからというもの、表面的に形は変わっても本質的にいつも同じメカニズムに従ってすべてが動いている。この家だって、最初に見たあの空き部屋と実は変わるところがないではないか。

私は絶望を伝え、我々がはまり込んだ場所は果てしなく広いらしく、最近の体験を振り返るかぎり、出口はとても見つかりそうにない、と話した。

アリシアは何も知らぬままフランス人の問いを繰り返した。「いったい何のために?」このとおり言ったわけではなかったが、彼女にとって現在の状況はそれほど悪くはないのだった。彼女も、これまで幸せに暮らしてきたわけではなかった。両親の顔を立てるためもあって、好きでもない学科に進学し、単調で貧しい日々を送ってきた。働かなければならないほどではなかったが、両親の金では望むような生活はできず、ごく当たり前のことで我慢しながら、映画へ行き、無気力に恋人と付き合い、流行りの小説を読むだけだった。

最初の頃は怖い思いをしたが、ここは悪くないし、快適に暮らせるだろう(強姦された瞬間が一番生き生きしていたのではないか、そんな意地悪な勘繰りが私の頭に浮かんだ）。それに、子供に対しても、私に対しても、すでに愛情が芽生えている。

この最後の部分は芝居がかっていた。私を求めているとすれば、それは守ってくれる男、不思議な世界の案内人になってくれる男を必要としてのことであり、愛すべき男を見つけてのことではあるまい。

だんだん自分でも自信がなくなっていたが、私はここにとどまることへの不安を説明し始めた。確かに現状は私がかつて追い求めたもの——田舎での静かな生活——に酷似しているが、自分の意に反してこんなところに連れてこられるのは嫌だし、道を踏み外して迷ったような感覚、いつも罠にはまって足止めされているような気分には耐えられない。前よりよくなったとも悪くなったとも思わないが、この状態をずっと続けようとも思わない。ここは自分の場所ではなかった。以前にも何度となく似たような気持ちになったことがあるが、ここにいるとその気持ちがいっそう鮮明に感じられる。私は説明を続け、確かに同じ空、同じ星かもしれないが、外へ出て夜空を眺めると、何か騙されているような、劇場の幕に描かれた星を見ているような感覚から逃れられない、と言った。

二人は横になった。私は機械的にセックスした。麻酔にかかったように無感覚だった。夜明けとともに、燃えるような目を開けると、遠くから鶏の声が聞こえ、私にすがりつく女の体が感じられたが、私の頭には次から次へと問いが殺到していた。なぜこの体が自分と縁のないものに感じられるのだろう、なぜ部屋の反対側で寝ている子供が赤の他人にしか見えないのだろう、なぜこの場所ではすべてが私によそよそしく、それどころか、私を拒否し、たえず不満を掻き立て、憂鬱の底に沈めるのだろうか。

23

私はこの新しい場所と環境に適応しようと本気で努めてみた。長い対話を通してアリシアは、初期の辛い体験のせいで私の神経がすり減っているのだと説得した。このままどこに落ち着くこともなくあちこち歩き回りながら探険を続けても意味はない、むしろ不安を抑え、違った目で周りを見たほうがいい。穏やかな大地に囲まれたこの家でしばらく暮らしていれば、体力も回復して神経は静まり、何が正しい解決策かわかるだろう。

彼女の意見がかなりの程度まで正しいことは感じていたものの、私は日に日に論理的思考ができなくなっていた。一見あれこれ考えているような素振りで何時間も過ごすことはあったが、実際には、頭が真っ白になっているか、あるいは、自分の意識と関係なく勝手に動いているだけで、どちらにしても私自身は蚊帳の外だった。

いずれにせよ、少し休むことは必要だと思った。奥にあった菜園の世話に精を出し、たいした仕事ができるわけではなかったが、しばらくの間は随分気分がよかった。アリシアとの性生活も、格別とまではいかなかったものの、心に安らぎをもたらした。

食事の内容は定まっておらず、肉の包みが置いてあることもあれば、缶詰が届くこともあった。そしてある朝菜園へ行ってみると、地面に打ちこまれた杭に二羽の雌鶏が紐で繋がれていた。

人の住んでいる家や小屋もあったが、住人たちとまったく接触はなかった。その大半は老いた農夫で、恐るおそるこちらの様子を窺い、我々が近づくとドアを閉めた。道で誰かとすれ違って挨拶の言葉をかけると、短く返事だけしてそのまま去っていくこともあれば、言葉も笑顔も返してこないこともあった。

ある日、大きな口髭とつば付き帽子の老人が肩に鍬を背負って我々の家の前を通りかかり、興味を示しているように見えたことがあった。私は近寄って話しかけてみた。向こうも乗り気だったにもかかわらず、会話は成立しなかった。老人は、かつて私が部屋を巡ったときに見た人々が話していたのと同じか、よく似た言葉を話した。彼は肩をすくめ、そのまま立ち去った。

二度か三度、私は遠出し、家が密集しているあたりまで行ってみた。かなり距離があり、時にはもっと向こうまで行って、何があるか見てみたいと思うこともあった。

その集落でも、我々のいるあたりと生活形態はたいして変わらないようだった。町になっているわけではなく、これといった組織もなければ、住人同士の接触もないようだった。見たところ、商店などは一つもなかった。

誰とも口を利くことはなかったが、それでもびっくりしたのは、そこで話されている言葉がこれまでと少し異なり、ラテン語に由来する言葉が多く飛び交うばかりか、変形したスペイン語まで聞こえることだった。このまま同じ方向へ進んでいけば、やがては人と会話できる場所に辿り着くかもしれないとさえ思われてきた。

別の日には、アリシアが知らない言語で子供と言葉を交わしていることに気がついた。なぜかわからないが、突如激しい怒りが込み上げてきた。私は拳を固め、血が沸き立つのを感じた。何か言おうと思ったが、唇を噛みしめてこらえた。客観的に見て、私が怒る理由は何もない。

子供はずっと幸せそうだった。弾けるほど元気だったし、遊び場には事欠かなかった。どんどんアリシアになつき、単に言葉を交わすばかりでなく、やがては完璧に理解し合えるまでになった。本物の息子より深く理解しているのではないかと思われることもあった。

私はメモを取るのに多くの時間を費やした。すでに莫大な量になり、上着のポケットに収まりきらないほどだったうえ、自分で書いた字が読めないことも多かったので、タイプライターで書き起こすことにした。そして、肌身離さず原稿を持ち歩くよう心掛けた。細かすぎる部分、重要でない部分を削ぎ落とし、自分にとって重要と思われる部分だけを残して、文章を練り上げた。そしてこの物語ができあがっていった。旅行記でもなく、厳密に時間軸に沿っているわけでもなく、私の印象と推論を並べ、実際の体験を主観的に記録しただけだから、同じ体験を他の人が書けばまったく違った文章になったかもしれない。なぜわざわざこんなことをしたのかもよくわからない。だが、私にとっては楽しい作業で、肉体的に疲れることがあっても、それもまた心地よく、気分爽快だった。

私の内側ではゆっくりと何かが進行しており、病魔が疼《うず》き始めているのがわかっていた。最初の頃はよく効いているように思われた処方箋が、単なる時間稼ぎでしかなかったことが次第に明らかになった。

それでも、出て行こうという思いは薄れていた。いつも頭に残ってはいたが、あくまで静止したイメージにすぎず、行動に駆り立てるほどの力はなかった。生活は快適で安全だった。時々ここを出ていく自分の姿が頭に浮かんだりすると、愚かしくすら思われた。だが、出ていかねばという思いは次第に具体化して私を蝕み始めており、変化は着実に進行していた。

アリシアも目に見えて変化していたが、葛藤を抱えている様子はなく、むしろ私と反対方向へ進んでいたと言えるだろう。一度など、この冒険の初期に見た老婆とまったく同じ姿に見えたことがあった。一瞬の幻覚かもしれなかったが、あれ以来、同じ目で彼女を見ることはできなくなった。こっそり彼女を窺い、顔や体の細部やささいな表情を頼りに、あのはかない映像を再現してみることもあった。

当初、私の変化とは、アリシアや身の回りのすべてにいっそう無関心になるぐらいだった。できるだけアリシアとの接触を避け、メモ書きや散歩、菜園いじりに長時間を費やした。

だが、やがて彼女が疎ましくなり、激しい口げんかも多くなった。最後の数日間は、夕暮れとともに苦痛が押し寄せて体調までおかしくなった。顎が締めつけられ、肩がすくんで左が右より持ち上がり（痙攣した筋肉が痛み始めるまで異常に気づかなかった）、さらには、首と顔が腫れ上がってきた。またもや思考が停止し、一度ならず泣いて鬱憤を晴らした。

それでも、ささいなことでアリシアと口論になって、時にはそれが夜明けまで続くことがあっても、何とか緊張は回避されていた。

そして私は出発を決意し、最も深刻な言い争いになった。アリシアは泣き、私を罵った。首を絞めてやろうかと思ったが、突然私は落ち着きを取り戻した。

出発の決意。いつも私の心を落ち着かせてきたのはこれだけだった。そして今、心の底からこの決意を新たにすると、もはや変更などありえないことは明らかだった。私は自信を取り戻し、もとの自分に帰った。言い返すのはやめて、優しい口調で話し始めた。

私は以前の無関心を取り戻していた。彼女に対して、憎しみはもとより、いかなる感情もなくなっていた。アリシアは混乱し、私が躊躇しているのだと思い込んで、説得に乗り出した。

もはや打つ手は何もないことを私は繰り返し説明した。すると彼女は泣き落としにかかり、そんなふうに女子供を放り出すなど許されないと言って責め立てた。

「放り出すわけじゃない」落ち着き払って私は答え、彼女の頬を撫でた。「自分の道を進むんだ。中庭を出るときに言ったじゃないか。しばらくは一緒に行くけれど、時が来れば別れる、と。それに、一緒に来ていけないとは一言もいってない」

そんな理屈に納得せず、アリシアは泣き続けた。

「いいかい、僕はここにいると死にそうなんだ」私は言ったが、彼女は聞く耳を持たなかった。自分のことにしか関心がなかったのだ。私は自分の持ち物だけまとめて、すべてをポケットに入れ、子供、そしてアリシアにもキスして出発した。

日が暮れてきた。

アリシアに私を追いかける勇気はなかった。ずっと泣いたまま、ドアのところから私を見ていた。再び孤独への恐怖に囚われ、先への不安に胸と喉を締めつけられたが、心は緊張感に満ちた幸福で躍っていた。子供は、わけもわからぬまま私の出発を眺めていた。一瞬だけ、これで最後と思って振り返ると、脚が弛緩して罪の意識と痛みに苛まれ、またもや意志が挫けそうになった。「後ろを振り返ってはいけない」私は思い、邪念を振り払って、軍隊のような足取りで前へ進んだ。

集落に到達し、そのまま前進を続けた。無理をするわけでもなく、立ち止まるわけでもなく、急がずマイペースで歩いた。夜になると、かなり向こうでちらほらと電球が点るのが見えた。歩き疲れたところで、適当な家に上がり込んで眠った。

翌朝、簡単に食事を済ませ、それまでと同じ、気の抜けた機械的な足取りで旅を続けた。いくつか集落を抜けたが、そのつど家が増え、面積も広くなっていくようだった。そして、陽が沈んで夜になったところで、都市に到着した。

第三部

24

道はアスファルトで舗装された通りになり、歩道に囲まれた区画に家が立ち並んでいた。街には人気がなかった。街燈のオレンジがかった光がすべてを幻のような奇妙な靄に包んでいた。ドアも窓も固く閉ざされていた。

やがて人が現れ始め、皆私と同じ方向に進んでいた。最初は散発的にひっそりと人影が見えるだけだったが、次第に小さな沈黙の集団としてまとまるようになった。もっと後になると、今度は遠くから金属的な音楽が聞こえてきた。都市の中心部へ近づくにつれて集団は膨らみ、一つの流れに統合されていった。ずっと黙りこくったまま、皆同じリズムで進んでいた。

中心街へ出ると、建物は大きくなり、明かりもずっと増えたが、白い光はなかった。歩道や通りには車が通っておらず、移動する人々で溢れ返っていた。一区画ごとに二つか三つ、円柱に乗せて据えつけられたスピーカーから流れ出る金属的な音楽のリズムに合わせて、人々が踊ろうとしているように見えることもあった。菓子店やバーが店を開けており、ホテルもたくさんあった。人工的な暖房設備が機能しているらしく、気温は上がっていた。

漠然とした雑音も聞こえたが、よく見ると、大半の人が肩や首から携帯ラジオを下げており、正体はその寄せ集めらしかった。言葉を交わす者はほとんどおらず、あてもなくただ街を行進しているようだった。それでも途切れとぎれに言葉が聞こえることがあり、実は、フランス語、ドイツ語、イタリア語、その他私の知らない言語も含め、何カ国語も話されていることがわかった。

肥満体の男が隣を歩く女性にスペイン語で声をかけたのを聞いて、私は男を呼びとめた。

「ここは何市ですか?」私は訊いたが、相手は恐怖か無慈悲の表情で私を見つめ、右手の人差し指を伸ばしただけだった。その方向を見ると、受付カウンターの順番を待つ人の長蛇の列が何重にもとぐろを巻いていた。

できるだけ近寄ってみると、小さな広場のような場所に辿り着き、制服姿の娘たちが、カウンターへ殺到する人たちの応対をしていた。そこで尋ねるのが一番よかったのだろうが、私はそのまま辺りを徘徊し続けた。

音楽と人波とどぎつい光にくらくらしながら歩いているうちに、気分が悪くなってきた。バーか菓子店にでも入ろうかと思ったが、自分の持ち金がここでは使えないのではないか、誰かに正体を暴かれるのではないか、そんな不安があった。どうしたわけか、自分がこの場所の人間でないと知られたら大変なことになると思い込んでいたのだ。

私は長い間人混みのなかを歩き続けた。いきなり、制服姿で武装した男四人組——普通の警察官には見えなかった——に荒々しく引っ張られていく男女の姿が目に入った。四人組は長いチュニックを着ており、それが白なのか、ぼんやりした光のせいで白く見えるだけなのかはわからなかった。夜が更けるにつれて、人の集まりはますます膨れ上がっていった。

突如、右手のホテルの入り口に女が立っているのが見えた。光は薄暗く、少し距離もあったが、私はそれがアナだと確信した。一方向だけに進むすし詰めの人混みを必死で掻き分けようとしたが、人波に引きずられ、押されていくうちに、アナ——だったと思う——は踵を返してホテルへ入ってしまった。私は叫び声を上げた。

ようやくホテルまで辿り着くと、中には誰もいなかった。モダンで豪華なホテルだった。受付で何度もしつこくベルを押したが、誰も現れなかった。階段を上ると、上に行くにつれて光の色が変わり、次第に赤みを増していった。二階の廊下を端から端まで歩いても、人影はなかった。ドアの一つを開けようとしたが、鍵がかかっていた。すべてのドアを試してみたが、どれ一つとして開かなかった。

外からは散発的に銃声が聞こえるようだった。三階の一室に入ることができた。何もない部屋だった。バスルームに入ってシャワーを浴びたが、眩暈も不安も収まらなかった。寝室には大きな窓がついていたが、開けることはできなかった。息苦しかった。強すぎる暖房のせいで、閉所恐怖症が進行したのかもしれない。

服を脱ぎ、横になって眠ろうとすると、ドアが開いて女が入ってきた。入り口で見たアナそっくりの女だった。近くで見るとまったくの別人で、むしろ不快な女だった。女は微笑みを私に向け、ストリップショーでもするように仰々しく服を脱ぎ始めた。

閉所恐怖症は悪化する一方で、女が疎ましく思われた。すぐにアナの醜悪版にしか見えなくなった。裸体を見ても、官能をくすぐられるどころか、侮辱的で、滑稽にすら思われた。眩暈と息苦しさは耐え難いレベルになった。不安と怒りが爆発し、椅子を持ち上げて大窓に投げつけると、ガラスが粉々に砕けて、通りからあやふやな音楽と熱気が届いてきた。深呼吸をしてみたが、気分はまったくよくならない。女は叫び、ベッド脇のベルを押していた。裸のまま大きすぎるイヤリングをぶら下げた姿はあまりに滑稽だった。今度は恥じらいを装って、腕で胸を隠している。手には派手な下着を乗せていた。

女が再び叫び声を上げ、私は人が来る前に部屋から逃げた。階段を駆け上がる音が聞こえ、四階まで上った。これより上はないのだろうか。階段もエレベーターもなく、上へ進むすべはない。だが、外から見たときにはもっと高い建物のように思われた。辺りには消毒の臭いが立ち込め、腹が捩られるように感じた。外では銃声が激しくなっている。

廊下をこちらに向かって進む人影があり、白いチュニックを着て浮き上がったようなその姿が、光の加減で亡霊のように見えた。最初は女かと思ったが、もう少し近づいてくると、それが男であることがわかった。顔に化粧をして、口紅を塗っていたのだ。目の前まで来ると私の両腕を摑み、何語かわからない言葉で女性のように甘ったるく話しかけてきた。私をどこかの部屋へ引っ張り込もうとしているらしい。気分は悪くなる一方で、男の仕草、香水、派手に塗った目、すべてが吐き気を催した。だしぬけにひと突きして逃れると、男が追いかけてきたので、駆け出して逃げるよりほかなかった。

不意に、通路の反対側の端に、これまでより随分狭い階段が見えた。五階へ上がると、また照明が変わって、もっと暗くなり、物がほとんど見分けられなくなった。男に追いつかれたが、拳で殴りつけ、階段の下へ突き落とした。男はチュニックにくるまったまま階段を転げ落ち、ヒステリックな金切り声を上げた。しばらくすると何も聞こえなくなった。

私は、唯一開けることのできたドアから部屋に入った。男五人の一団がおり、四人は裸、一人は覆面をして、鎖で壁に手首足首を繋ぎ止められた女を鞭打っていた。男たちの容姿はモンゴロイドの特徴が顕著だった。私は逃げようとしたが、通路で追いつかれた。沈黙のまま部屋へ連れ戻され、手に鞭を持たされた。眼下の女は血を流し、肩の上で重々しく頭を揺らしながら呻き声を漏らしていた。脇腹を殴られて私は女に鞭を浴びせたが、手ぬるいというのでまた殴られた。今度は、鞭の硬い方を逆さに握って、めくらめっぽう柄を打ちつけた。覆面男が拳銃を抜いたが、私は間一髪ドアから外へ逃げ出し、通路の端あたりで銃弾が腕をかすめたのがわかったが、傷はなかった。

四階へ下りてもまだ物音が聞こえ、どうやら追われているらしかった。三階でいくつかドアを試すと、その一つが開いて、長い通路が伸びており、ホテルの別館に繋がっているらしかった。解体中なのか建設中なのか、足場に板が組まれ、幻のような外観だった。通路の両側に据えられたドアの大半は開いており、部屋の間で頻繁に往来があるようだった。

ドアの一つにぼろを纏った傷だらけの乞食がおり、私が通ると足元に身を投げて膝のあたりを摑もうとした。別の部屋からは、精根尽き果てたような男が這い出て向かい側の部屋へ入っていったが、どうやらそこはパーティーの最中だったらしい。音楽や笑い声が聞こえ、痙攣したように動く体も見えた。

板の上を歩くのは困難だったうえ、もっと先へ行くと、あちこちから手が伸びて私の腕を摑み、服を引きちぎり、乞食や歯のない老娼がおぞましい顔を出した。吐き気が喉元まで込み上げ、口まで上ってくるようだった。通路は果てしなく続き、あちこちから伸びてくる手や硬い指や鋭い爪から、さらには、嘆き声を上げながら親切、脅し、罵倒、様々な調子で呼びかけてくる合唱から、必死で逃れようとするうちに体力を奪われた。

通路の終わりに木の階段があったが、ガタガタと危なっかしく揺れ、布を巻きつけて修繕したところが何カ所もあった。何とかこちら側の四階、次に五階へと辿り着いた。銃声は激しさを増していた。近くで爆発があって、建物の壁全体が揺れた。どこかでサイレンが鳴り、ドアが一斉に開いて、着の身着のまま様々な人が飛び出してきたかと思えば、階段から六階へ殺到した。私を見ても立ち止まりもせず、気にも止めていないようだったが、それでも私は彼らに引きずられていった。五階へ上る階段に白チュニックの警官隊が現れたのが目に入った。

人々は階段を上り続け、私はもはやふらふらの状態で進んでいた。六階の赤い光に紫色が混じり始めていた。私はうっかり半開きのドアに寄りかかり、部屋の中へ倒れ込んだ。赤い光の部屋だった。誰かが私の前を横切り、ドアを閉めて鍵をかけた。廊下から銃声が聞こえ、外では絶え間ない銃声の間でますます頻繁に爆発音が響いていた。

目の前にいたのは巨漢の女であり、今まで見たなかで一番のデブだったかもしれない。緑がかった色で顔を塗りたくっているらしかった。あまりのけばけばしさときつい香水の臭いに、また男かと思ったほどだった。私はベッドまで引きずられ、有無を言わさず裸にされた。そして自分でもサーカスのテントのような服を脱ぎ、そこに現れた肉の塊が赤い光のせいでいっそう気味悪く見えた。吐き気が喉を酸味でくすぐり始めていた。腕に痛みを感じたので見てみると、銃弾がかすめたところに傷が残っていた。腕の近くでシーツが血に染まっていたが、赤い光のせいでよく見えなかった。

ゼラチンのように波打つ巨大な胸に体を覆われ、摩擦で刺激を与えようとする手に性器を弄ばれていた。目を閉じて歯を食いしばり、なんとか吐き気をこらえようとした。女は優しいイタリア語で話しかけ、立派な一物を褒めたり、快楽の時をちらつかせたりしながら、体をこすりつけてきた。肉付きのよすぎる胸に挟まれ、汗の臭いの混じるどぎつい香水を浴びて、私は窒息寸前だった。女は反対向きに横になって私の性器を口にくわえ、すぐさま片足を上げて頭越しに私の右肩のすぐ脇に置いたかと思えば、毛深い性器、軽く開いたその分厚い唇を顔に近づけてきた。私は枕の上に嘔吐し、少し身を起こしたところで、今度は女の体とシーツの上に吐き続けた。女は部屋の隅へ飛び退き、私は必死の思いでベッドから立ち上がって服を着ようとした。悪態の声が聞こえ、女がまた近づこうとしているのがわかった。ナイトテーブルの上に水晶の重そうな灰皿があったので、これを手に摑んで女を威嚇し、バスルームへ逃げ込んだ。

服を着てドアを開けると、通路には人気がなくなっていた。口にはひどい味がのこり、喉が渇いた。自分でも気が狂いそうなほどゆっくりとしか階段を下りられなかった。建物の内側でも外側でも銃声は続いていた。五階でまたもやモンゴロイド系の顔をした裸の男たちと鉢合わせし、抵抗する間もなく、通路を抜けて同じ部屋へ連れ戻された。近くから断続的に爆発音が聞こえてきた。部屋の光は白くなり、白すぎて目が焼けそうだった。女性は壁に繋がれたままで、死んだようにだらりと首を垂れ、血塗れになっていた。私は両腕を脇につけたまま担架に両手両足を縛られた。

男たちは、外科ごっこでもするように、白ハンカチを項《うなじ》のあたりで縛って顔にあてていた。シャツの前が開けられ、男の一人が覆面男にメスを手渡すのが見えた。メスが私の皮膚に溝を刻みつけるのがわかり、目を開けてみると、大量の血が流れていたが、白い光のせいでこれがどす黒く見えた。私は横を向いてまた吐いた。

爆発があって建物が揺れ、あちこちで表面の漆喰が剝がれ落ちた。だが、拷問者たちはひるまなかった。今度は私の足や腕を傷つけ、何か湿ったものが腹に乗った。再びメスが胸を垂直に走り、さらに深く刺し込まれた。臭いのきつい湿った布が鼻にあてがわれたが、麻酔ではなく、気を失うことはなかった。腕にも脚にも脇腹にも針を打ち込まれた。そしてもう一度爆発があり、明かりが消えた。また爆発があって、さらに多くの漆喰が剝がれ落ち、石材が崩れ落ちた部分もあった。もう一度爆発があり、今度はすべてが崩れ落ちるような気がした。

25

この後に続く出来事については、あやふやな感覚と途切れとぎれの映像をぼんやりと記憶しているだけで、どこまで事実に即しているかは自分でもわからない。いくつもの手に腕や脚を摑まれ、いきなり体ごと持ち上げられて、どこかへ運ばれていった。後には、両脇を歩く者たちの肩に私の両腕が回され、担がれるようにしてむりやり前進させられた。ほとんどずっと私の足は引きずったままで、何とか足を前へ出すことがあっても、両脇の二人のスピードについていくことができず、しょっちゅう躓いたり何かに足をぶつけたりした。人に引きずられているほうが楽だった。

そして私は物のようにどこかへ放り出された。地面に叩きつけられたことが辛うじてわかり、瓦礫か大きな石の散らばる居心地の悪い場所らしかった。そこに私は捨てられ、一人になった。眠っていたわけではなかったが、起きていたわけでもない。目を開けることができず、眠りに落ちることもあったかもしれない。しばらくは身動き一つできなかった。また爆発があり、すぐ近くから爆音が聞こえることもあった。私は必死の思いで立ち上がり、歩き始めた。

道は長く辛かった。転んではしばらくするとまた立ち上がり、また進んではまた転んだ。目を開けることができても、見えるのは濃い暗闇だけで、時々強い光が射し込むことがあると、わずかな視界だけが開けた。またもや目を閉じ、壁を伝って進んでも、壁がいきなり途切れたりするとまた転んだ。その間も爆発と閃光は続き、絨毯のように瓦礫が敷かれた場所の上から真っ暗闇がのしかかった。やがて寒さが厳しくなり、目を開けてみると、濃い霧に包まれた場所を歩いていた。サーチライトに後光のようなものがかかって、光は弱く、黄色っぽくなり、ほとんど何も見えなかった。爆発音は止んでおり、私の両足は砂利道の上を進んだ。

両目は開いていたが、眠っているような気分だった。体が麻痺して寒さも痛みも感じず、鼻と喉を抜ける空気だけが冷たく感じられた。柔らかい甲羅でも張ったように、皮膚は完全に神経と切り離されていた。霧を見ていると、この場所に来て最初に見た夢の映像、暗く濃い材質の層を移動しているような感覚を思い出した。

この時も、目を覚ませという指令が届いた。夢で感じたのと同じ不安に囚われ、すぐに出口を見つけねばと思ったが、出口は上のほうにあるという遠い記憶しか残ってはいなかった。だが、水のような感触はなく、砂利道で足を引きずるばかりで、また転び、また起きた。タチの悪い酔いのように、意識を完全に失うまではいかなかったが、体と頭がいうことをきかないのだ。知性が丸ごと消し去られたかのようだった。

何かに頭をぶつけ、今度は何かと思えば、鉄格子の大きな柵であり、よく見えなかったが、錆びついた古い柵だろうと思った。苦労して開けてみると、反対側では霧が晴れ始めている。すぐに、自分が広い砂利道を歩いていることがわかり、両側には草が生い茂っていた。身の回りで霧が晴れるとともに、頭に張り巡らされていた蜘蛛の巣も、ゆっくりではあるが、取り払われていくようだった。

その後、通りや狭い歩道を進み、表面の剝げ落ちた壁に手を触れると、そこに霧の名残がへばりついて湿気を残しているようだった。そして、たった一つの電灯に照らされた石の通りが前へ伸び、さらに進むと、港に近い、都市の周縁部と思われるあたりに差し掛かった。

霧が薄くなり、空が明るみ始めた。店じまいしたカフェがあり、私が通り過ぎたところで金属製のシャッターを上げたバーもあった。

そして広場に着くと、そこに見覚えがあった。電灯が弱々しい光で木々やモニュメント、広場を囲む小さな鉄格子を照らしていた。私はベンチに座った。

まだ太陽は顔を出していなかったが、空はだいぶ明るくなっていた。頭を後ろへやったが、休むことはできなかった。自分の家はこの近くだと思った。横になりたかった。服が汚く、ぼろぼろになっていることに気がついた。シャツの前がはだけていたが、ボタンを留める前に、胸を長く垂直に引き裂く古い傷痕に沿って指を滑らせてみる。上着のポケットには、タイプライターで書き起こした原稿が入っている。馴染みの愛用品にでも触れるようにこれを探ると、何となく安心感が湧いてくる。靴はズタズタだった。髪は頭皮にへばりつき、指を入れることもできない。

立ち上がって、自分のアパートのほうへゆっくりと歩み出した。通りには相変わらず人気がなかった。美しい夜明け前であり、もはや寒くもなく、春が来たのかもしれなかった。

遠くから機銃掃射の音が聞こえた。もっと後で、パトカーのサイレンが響き渡った。アパートの玄関に辿り着き、階段を上りかけたところで、もっと近くから銃声が聞こえた。

アパートは散らかっていた。まっすぐ正面の部屋へ飛び込み、バルコニーに寄りかかった。ようやく弱々しい太陽の光が覗いていた。

やっと目が完全に覚め始めて思考停止の状態を抜け出し、次第に頭が働くようになった。空はずっと明るくなり、建物に邪魔されてまだ太陽は見えなかったが、完全に夜が明けていた。

アナが出勤のために着替えをすませているか、朝食を取っている頃だろうと思った。電話してみようと思った。番号も覚えていた。だが、これまで何の連絡もできなかったことが引っ掛かった。彼女自身より、電話番号のほうがはっきり記憶に刻まれているほどかもしれない。机の引き出しに彼女の写真を入れていたことを思い出した。だが、探しに行く気にはならなかった。

バスルームまで行くと、ずいぶん遠くまで来た気がした。アパートの廊下が長すぎた。長時間歩き回ったいくつもの通路のことを思い出さずにはいられなかった。

私は裸になって鏡の前に立ち、記憶のなかにある自分とは別人になった男の姿を眺めた。傷痕が細長く白い線となり、かすかに残っていた。洗面所の蛇口からも、シャワーからも、水は出なかった。

寝室に入った。服が散乱し、床の上にいくつも箱がひっくり返っていた。私がいない間に荒らされたらしい。何も調べる気にはならなかった。ようやく本当の睡魔に襲われた。横になって、湿っぽい服を被った。そのまますぐ眠りに落ちた。

26

目を覚ますと、家中が同じように散らかっているのがわかった。どこかで水道管が壊れたらしく、台所の壁も床も湿っていた。壁に残った跡を見ると、浸水は一時かなりのレベルまで達したらしい。漆喰が落ちてレンガが剝き出しになっているところもかなりあった。床に置かれた籠から緑の筋が伸びているのは、浸水したイモが芽を出したせいらしい。テーブルと二脚ある椅子の脚にも蔓草が絡みついている。

台所の蛇口からも水は出ず、家に電気は通っていなかった。顔を洗うこともできぬまま、正面の部屋へ戻った。目が炎症を起こし、体全体に大きな疲労感があった。それでも私は机に向かってメモを書き続け、書きながらふと、あの場所でいつも紙と鉛筆が手元にあったのは偶然ではなかったのではないかと思いついた。実は、自分でも気づかぬままこうしてメモを取り続けることで、私をあの場所へ連れていった者たちの思うつぼになっているのではないだろうか。だが、今さらそんなことを考えても意味はない。これまでだって、何を考えてもまったく意味はなかった。

ここで止まる。私を打ちのめしているのは単なる肉体的疲労ではなく、もっと遠くから来る疲労かもしれない。少し自分の未来について考えてみたいが、手が書くことをやめない。なぜアナに、友人たちに電話する気になれないのか、考えてみたい。なぜ仕事に、日常生活に戻る気にならないのだろう。再び夕暮れの近づくこの街がなぜ敵意剝き出しの見知らぬ都市に見えるのだろう。どうしたことか、私の記憶はあの場所で強いられた冒険へ何度も執拗に戻っていく。

通らなかったトンネル、開けなかったドア、覚えなかった言葉、友情を結ぶには至らなかった人々、愛することも知り合うこともなかった女たち。マベルのことを思い起こすと、本当にあの砂浜で船を待っていたように思えてくる。壊れた眼鏡をかけたまま瀕死の状態で横たわっていた先行者を思い出すと、自分の無力さが身にしみる。私の臆病がフランス人を銃で殺したような気がしてくる。それに、アリシアは本当に私を愛していたのに、私が彼女をまともに見ることができなかったのではないか。子供が何度も私に向けて腕を差し出したのも、何か理由があったのではないか。

私の街、この都市がよそよそしく、敵意を見せてきた今、あの場所で取っていた態度に逆戻りし始めているような気がしてくる。もはや、友人たちの誰にも、アナにも別の女性にも、真の意味で近づくことはできないのではないだろうか。実はこれまでも、孤独を紛らすためだけに、私の内側から私を憎み、自分の意に反する振る舞いを強制するこの存在から逃れるためだけに、彼らを利用してきたのではないだろうか。

そう、振り返ってみれば私は、誰を愛することもなく、いつも余所者たちの間を動き回っていた。実は私にとって、私は余所者なのだ。この街、この家、あの場所、あの密林やトンネルと同じく、他人なのだ。余所者は私だったのだ。

相変わらず手は書き続け、奇妙な魅力を感じながら私はその文章を読んでいく。突如として、手が独立した生き物のように見え、喉が詰まって叫び声を上げげたくなる。

通りは妙に静かだ。車もほとんど通らない。遠くで銃声があり、機銃掃射の音が途切れとぎれに届いてくる。

眠くはない。喉が渇き、腹が減った。眠くはないが、眠りたい。夢を見ることなく眠りたい、映像のない眠りを長時間貪りたい、心から思考を振り払い、体から感覚を振り払いたい。問いは繰り返し生まれ、手は書き続けているが、答えはまったく出てこない。

ロサリオ（アルゼンチン）－モンテビデオ、一九六九年

訳者あとがき

「ラテンアメリカ文学」という名称はここ数十年のうちに日本でもすっかり定着したようで、今ではこの分類で販売コーナーを設けている書店も多いが、ひと口に「ラテンアメリカ」といっても、実は地域ごとに異なる特色があり、国家間の相違を無視するわけにはいかない。文学ジャンルに関して、ラテンアメリカに流布したステレオタイプにしたがえば、カルロス・フエンテスを擁するメキシコは長編小説家の国、ホルヘ・ルイス・ボルヘスやフリオ・コルタサルを輩出したアルゼンチンは短編小説家の国、ガブリエラ・ミストラルとパブロ・ネルーダ、二人のノーベル文学賞受賞者を生んだチリは詩人の国とされる。これに対し、ラプラタ川流域の小国ウルグアイにしばしば貼られるレッテルは「奇人の国」である。確かに、二十世紀のウルグアイ文学を振り返ってみると、フェリスベルト・

エルナンデスとファン・カルロス・オネッティというラテンアメリカ文学史に残る二人の奇才がおり、十九世紀まで遡れば、フランス語で執筆したとはいえ、ロートレアモン伯爵ことイジドール・デュカス、ジュール・ラフォルグ、ジュール・シュペルヴィエルという三人のモンテビデオ生まれの詩人がいる。ここに本邦初訳したマリオ・レブレーロも、こうしたウルグアイ奇人列伝に名を連ねる作家と言っていいだろう。

ラテンアメリカ文学をひとくくりに論じるのが難しいのと同じく、個性豊かな奇人たちを十把一絡げにするわけにはいかないが、少なくともフェリスベルト、オネッティ、レブレーロの三人に注目すると、いくつか共通する要素が浮かび上がってくる。まず、三人とも寡作で、何かの衝動か強迫観念にでもとりつかれないかぎり創作に着手することはない。「バルガス・ジョサは文学と結婚しているが、自分は文学と不倫しているだけだ」というオネッティの言葉は有名だが、ピアニストとしても名を馳せたフェリスベルトも、写真家やパズル作家などマルチな才能を発揮したレブレーロも、その点は同じで、日常的、定期的に文学作品の執筆に取り組むようなタイプではなかった。また、気ままに乱読を続けるうちに我流で創作を始めた点も三者に共通する。フェリスベルトは、幼少から音楽の英才教育を叩き込まれはしたものの、文学については誰からも指導を受けていないし、オネッティとレブレーロは、そもそも義務教育すらまともに受けていない。三人とも、特別な友人を除いて文壇との繋がりは薄く、作家としての名声を追い求めることもなければ、自作の売り込みに尽力することもなかった。レブレーロの提起する区分に従えば、三人とも「プロ作家」ではなく「アマチュア作家」だったということになる。

えてしてこうした作家は生前の評価に恵まれず、世間的には無名の作家、単なる奇人として生涯を終える。フェリスベルトは、シュペルヴィエルらの後押しもあって、アルゼンチンの名門スダメリカーナ社から短編集を出すことがあったものの、世俗的成功と無縁のまま一九六四年に亡くなった。フリオ・コルタサルやガブリエル・ガルシア・マルケス、イタロ・カルヴィーノといった作家の絶賛を浴びて、フェリスベルトの作品が本格的にスペイン語圏に普及するのは一九七〇年代半ば以降のことだ。オネッティにしても、すでに一九五〇年代から一部の作家・批評家に高い評価を受けていたが、ラテンアメリカ全体で少しずつ名を知られ始めるのは、『屍集めのフンタ』(一九六四)がロムロ・ガジェゴス賞の最終選考に残った一九六七年以降であり、一九八〇年にセルバンテス賞受賞の栄誉を受けたときには、すでにキャリアの終わりに差し掛かっていた。それでも晩年のオネッティは、「ラテンアメリカ文学のブーム」の一翼を担った作家として多くの読者から崇拝され、作品の売り上げを伸ばしたが、ブーム真っ盛りの時期に創作を始めたレブレーロは、その恩恵に与ることもなかった。二〇〇四年に没するまで彼は、一部に熱狂的なファンを持つカルト作家の地位にとどまり続け、その真価が国際的に認識されるのは、ランダムハウス・モンダドリ社が主要作品の再刊に乗り出す二〇〇八年以降のことだった。

レブレーロの本名は、ホルヘ・マリオ・バルロッタ・レブレーロであり、日常生活では、最初の名前と最初の姓を取ってホルヘ・バルロッタと名乗っていたが、創作においては常にマリオ・レブレーロの名を使った。生前はマスコミなどに注目されることが少なく、彼自身も幼少時代について話すのを嫌がったため、その生い立ちについて詳しいことはわかっていない。晩年の親友で、彼の作品のよき理解者でもあったアルゼンチンの作家エルビオ・ガンドルフォによれば、レブレーロの父は大規模商会の社員、母は息子に学校をやめさせるほどの過保護だったらしく、当人は、同名のサッカーチームが本拠地をおく美しいペニャロール地区で内気な少年時代を過ごしたようだ。

出版物から彼の足取りが知れるのは一九六五年以降であり、八五年までの二十年間が、後にガンドルフォによって「爆発期」と評されたように、創作活動の絶頂期だった。六〇年代後半に『ロス・ウエボス・デル・プラタ』などのマイナー雑誌に短編小説を掲載した後、ガリシア(スペイン)出身の名物編集者マルシアル・ソウトに認められたレブレーロは、若手の発掘を目的として小出版社ティエラ・ヌエバが創設したシリーズ「異文学」から、中編『都市』と短編集『グラディスのことを考える機械』を同じ一九七〇年に刊行している。さらに、六九年五月に政治諷刺などのユーモアを前面に打ち出した雑誌『ミシア・ドゥーラ』が創刊されると(後に共産党系の新聞『エル・ポプラル』の別冊となる)、レブレーロは直後からその執筆陣に名を連ね、様々な記事を定期的に寄稿するのみならず、同僚のハイメ・ポニアチックとともにクロスワードなどのパズル制作にも関わった。また、これと前後して初めて国外生活を体験し、六九年にアルゼンチンのロサリオ、七二年にフランスのボルドーにそれぞれ数カ月滞在したほか、頻繁にブエノスアイレスを訪れるようになった。後に盟友ソウトとポニアチックがブエノスアイレスに拠点を移したこともあり、アルゼンチンの出版界に足掛かりを得たレブレーロは、七五年に中編『読者は殺され、私は死の床に横たわり、ニック・カーターは楽しむ』、八〇年に中編『パリ』をブエノスアイレスの小出版社から刊行している。そして八二年、ソウトが再びウルグアイに戻って舵取りを任された無駄に派手な文学雑誌『エル・ペンドゥロ』に、傑作中編『場所』が発表され、一部文学マニアの間で大評判を取った。後にレブレーロは、『都市』、『パリ』、『場所』の三作を「意図せぬ三部作」と呼んで特別な地位を与え、現在ではこれを彼の代表作と評する文学研究者が多い。

こうして様々な活動をこなしていたにもかかわらず、レブレーロの暮らしはいつも苦しく、ウルグアイ、アルゼンチン双方で軍事政権による出版社への締めつけが強化されると、窮状はいっそう深刻になった。救いの手を差し伸べたのは親友ポニアチックであり、ブエノスアイレスでなぞなぞやパズル、推理ゲームなどの出版物を専門に手掛ける会社を設立して大成功していた彼は、レブレーロに様々な仕事を回した。一九八五年から八八年にまたがる約四年間、ブエノスアイレスに拠点を移したレブレーロは、持ち前の奇才を発揮して見事にパズル制作の仕事をこなし、比較的安定した生活を送りはしたものの、この間創作はほぼ完全に放棄せねばならなかった。

八九年、レブレーロはすでに長く付き合っていたアリシア・ホッペとの関係を正式化したうえで、息子ファン・イグナシオとともにウルグアイの地方都市コロニアに移り、創作教室などを開くようになった。文芸雑誌への寄稿や文学作品の執筆も再開し、収入が安定してきたところで、九三年にモンテビデオへ戻り、以後亡くなるまでこの地を離れることはなかった。晩年も相変わらずつましい生活で、名声とは無縁だったが、一部から高い評価を受け、多様な友人にも恵まれたレブレーロは、静かな生活のなかで、新興のトリルセ社から『ガルデルの魂』（一九九六）、『空っぽの文章』（一九九六）といった長編小説を発表したほか、一九九六年から二〇〇〇年まで雑誌『ポスダタ』のコラム「不意打ち」を毎週担当している。また、晩年の彼が少年のようにのめり込んだ趣味がコンピューターであり、ゲーム類を中心に、様々なプログラムをインストールしては、長時間画面に向かっていたようだ。二〇〇〇年にグッゲンハイム財団の奨学金を受けて以降は、長編『輝かしい小説』の執筆に専念したが、この大作がアルファグアラ社から出版されて好評を博するのは、彼の死後一年が経過した二〇〇五年のことだった。この成功を機にレブレーロに注目した業界大手のランダムハウス・モンダドリ社は、二〇〇八年に「意図せぬ三部作」をセットにして廉価版で売り出し、その後も、『空っぽの文章』、『輝かしい小説』、『読者は殺され、私は死の床に横たわり、ニック・カーターは楽しむ』などの再版と併せて、スペイン語圏全体を対象にレブレーロを売り込んだ。「意図せぬ三部作」を筆頭に、レブレーロの作品はすでにヨーロッパの主要言語に翻訳されており、現在でも世界各地で翻訳出版の作業が続いている。

レブレーロ文学の核とも言える「意図せぬ三部作」は、出版時期に開きがあるものの、一九六六年から七〇年の間に、『都市』、『場所』、『パリ』の順で執筆された。先にも述べたように、レブレーロは「インスピレーション」を感じないかぎり文学作品に着手することのない作家だが、とりわけこの頃は、強迫観念にとりつかれるようにして執筆を始め、「書き終えなければ生きていけない」というほどの執念で一気に書き上げていたことを本人が認めている。真偽のほどは定かでないが、晩年のインタビューでは、『場所』と『パリ』はいずれも十五日で書き終えたと述べている。最初から三部作として構想されたわけではないものの、「同一人物ないしはよく似た主人公と、都市というテーマで繋がっている」ところから、作者自ら後にこれを三部作と評した。

同じ時期、一九六六年八月にはマリオ・バルガス・ジョサがウルグアイを訪れてモンテビデオ大学で講演を行い、六七年五月にブエノスアイレスで出版されたガブリエル・ガルシア・マルケスの『百年の孤独』がラプラタ諸国で大成功を収めるなど、ラテンアメリカ文学のブームの余波はすでにウルグアイにも及んでいたが、レブレーロの創作にその影響はまったく感じられない。また、同じウルグアイのフェリスベルトやオネッティの作風とも完全に一線を画している。同じ頃ブームに合流しつつあったオネッティに関しては、「繰り返し夢に出てくる作家」として常に敬意を表し、とりわけ中編『別れ』を生涯愛読したが、創作において彼を意識することはなかったという。この時期のレブレーロに最も大きな影響を与えた作家はフランツ・カフカであり、冒頭のエピグラフにカフカの引用を掲げた『都市』については、作者自らこれを「カフカの剽窃」と認め、「カフカをスペイン語訳する」、あるいは、「カフカを我々の環境に適応させる」試みだったと述べている。また、後年には「意図せぬ三部作」とアンドレイ・タルコフスキーの映画の間に類似性を指摘する声が上がり、レブレーロ本人はこれを喜んだが、彼がタルコフスキーの映画を観たのは執筆からかなりの年月が経過した後だった。

三部作のなかで最も評価が高い本作『場所』については、謙虚心の表れなのか、本人はインタビューなどで次のような不満を口にしていた。

最初の三分の一（第一部）は今でも大好きです。第二部は人工的、知的になって、無理して第三部への橋渡しをした格好です。そして実際のところ、第三部は別の小説だったかもしれません。最も評価された作品ですし、『エル・ペンドゥロ』に発表されて以来、よく読まれているのですが、私にとって『場所』は少々バツの悪い作品です。とはいえ、第一部はいい出来ですし、それなりの理由があって無理に続きを書いたのですから、仕方がないとは思います。実は、自分自身あまりに主人公にのめり込んでいたせいで、死にそうになった彼をそのまま死なせる気になれなかったのです。それでわざと偽のドアを開けてやりました。こんな細工をしたおかげで私も生き残ったのです。

だが、ひとたびこの小説に飲み込まれた読者は、こんな指摘に気づくこともなく結末まで引きずられていくことだろう。不条理な、現実離れした物語でありながら、『場所』は臨場感に溢れ、舞台の描写も細部まで行き届いている。

作者によれば、三部作はいずれも「ユングの言う集合的無意識」を探求した結果であり、「無意識の次元で起こった実体験」だった。

内側を眺め、何が現れるか観察し、そこに見えるものを書くだけで、特にプランはありません。だから私にとっては、幻想的というより、内面の個人的体験に即したリアリズムの作品です。象徴的体験という言い方も可能でしょう。言葉では言い表すことができず、目に見える日常的現実世界に存在する事物を用いて象徴化しなければ表現できない体験ですからね。

レブレーロの嫌った文芸批評家の独断にならないことを祈るが、私にとってレブレーロは「ウルグアイの安部公房」であり、作品世界のみならず、人柄においても両者に共通する要素は多いと思う。逆に、近年ブエノスアイレスの出版社から拙訳による安部公房の代表作が次々と発表されていることもあって、かねてから翻訳のあった『砂の女』はもとより、『箱男』、『密会』、『燃えつきた地図』といった作品がラプラタ地域でも読まれるようになったが、アルゼンチンやウルグアイで文学愛好家から「安部公房ってどういう作家なの?」と訊かれると、私は「日本のマリオ・レブレーロ」と答えている。もちろん、安部がレブレーロを読んでいたとは思えないし、レブレーロが『砂の女』を読んでいた可能性は否定できないにせよ、彼の残した文章やインタビューに安部の名前が現れたことは一度もなく、両者の間に直接的な影響関係は想定できない。二人を繋ぐのはカフカであり、『変身』や『城』に触発されて、地域性に縛られることなく、安部の論じた「地球儀に住む作家」として、夢や無意識を出発点に現代世界の不条理を突きつめたところから、同じ系譜の作品が生まれたようだ。レブレーロの言う「不条理の美学」に貫かれた両者の作品は、エンターテイメントのSFやナンセンス文学と違って、単に奇をてらうためだけに突飛なストーリーを展開するのではなく、現実世界の本質に迫る深い形而上学的探求をそこに投影している。だからこそ、時代と国境を越えて多くの読者に支持されるのだろう。発表から三十年以上の歳月を経て『場所』を読む日本の読者には、ラプラタ地域の作家に多い単なる知的遊戯を超えたレブレーロの真価をじっくり味わっていただきたいと思う。また、「意図せぬ三部作」の残り二作についても、近いうちに邦訳が実現することを期待している。

翻訳の底本としたのは、ランダムハウス・モンダドリ社の普及版第二版（二〇一〇）であり、ほかに、レブレーロの息子ニコラス・バルロッタ氏と代理人クラウディア・ベルナルド・キロス氏から関連情報の提供を受けた。二人に加えて、モンテビデオで温かく私を迎えてくれたうえ、『場所』の版権取得にも協力してくれたランダムハウス・モンダドリ社モンテビデオ支部の編集者レロイ・グティエレス氏にもこの翻訳の遂行にあたっていろいろとお世話になった。またもや訳文の朗読に協力してくれた浜田和範君、水声社の井戸亮さん、その他直接間接にこの翻訳と関わったすべての方々にこの場を借りてお礼を申し上げる。

二〇一七年二月二十日

寺尾隆吉

マリオ・レブレーロ
Mario Levrero

一九四〇年、ウルグアイのモンテビデオに生まれる。

本名は、ホルヘ・マリオ・バルロッタ・レブレーロ。

六〇年代後半からマイナーな文芸雑誌を中心に執筆活動を開始。

後に「意図せぬ三部作」と呼ばれる中編三作『都市』（一九七〇）、『パリ』（一九八〇）、『場所』（一九八二）で注目される。

六九年にアルゼンチンのロサリオ、七二年にフランスのボルドーに数カ月滞在したほか、八五年から八八年までブエノスアイレスを拠点に、創作のほか、写真、雑誌編集、シナリオの執筆、クロスワードパズルの制作など、多彩な分野で異彩を放った。

九三年にモンテビデオに戻って以降は、小説やコラムの執筆に励むかたわら、創作教室を開いて後進の指導にあたった。

『ガルデルの魂』（一九九六）、『空っぽの文章』（一九九六）といった長編のほか、『火の車』（二〇〇三）などの短編集を残している。

二〇〇四年、モンテビデオで没する。

遺作となった『輝かしい小説』は、二〇〇五年に死後出版され、スペイン語圏で高く評価された。

寺尾隆吉《てらお・りゅうきち》

一九七一年、愛知県生まれ。

東京大学大学院総合文化研究科博士課程修了（学術博士）。

現在、早稲田大学社会科学部教授。

専攻、現代ラテンアメリカ文学。

主な著書には、

『魔術的リアリズム――二〇世紀のラテンアメリカ小説』（水声社、二〇一二年）、

『ラテンアメリカ文学入門――ボルヘス、ガルシア・マルケスから新世代の旗手まで』（中公新書、二〇一六年）、
主な訳書には、ホセ・ドノソ『閉ざされた扉』（水声社、二〇二三年）、ガブリエル・ガルシア・マルケス『悪い時』（光文社古典新訳文庫、二〇二四年）などがある。

Mario LEVRERO, El Lugar, 1982.
Este libro se publica en el marco de la "Colección Eldorado", coordinada por Ryukichi Terao.

Esta obra ha sido publicada con una subvención del "Programa para el apoyo a la traducción de obras literarias urguayas"(Ministerio de Educación y Cultura, Urguay).

Programa
para el apoyo a la traducción
de obras literarias uruguayas

本書の出版にあたり、ウルグアイ教育文化省「ウルグアイ文学翻訳支援プログラム」の助成金を受けた。

フィクションのエル・ドラード

場所

二〇一七年三月三〇日　第一版第一刷発行
二〇二五年六月二〇日　第一版第二刷発行

著者　マリオ・レブレーロ
訳者　寺尾隆吉
発行者　鈴木 宏
発行所　株式会社 水声社
東京都文京区小石川二―一〇―一　郵便番号一一二―〇〇〇二
郵便振替〇〇一八〇―四―六五四一〇〇
電話〇三―三八一八―六〇四〇　ファックス〇三―三八一八―二四三七
http://www.suiseisha.net
印刷・製本　モリモト印刷
装幀　宗利淳一デザイン

ISBN978-4-89176-963-5
乱丁・落丁本はお取り替えいたします。

フィクションのエル・ドラード

襲撃	レイナルド・アレナス	山辺 弦訳	二二〇〇円
英雄たちの夢	アドルフォ・ビオイ・カサーレス	大西 亮訳	二八〇〇円
気まぐれニンフ	ギジェルモ・カブレラ・インファンテ	山辺 弦訳	三〇〇〇円
バロック協奏曲	アレホ・カルペンティエール	鼓 直訳	一八〇〇円
時との戦い	アレホ・カルペンティエール	鼓 直／寺尾隆吉訳	二二〇〇円
方法異説	アレホ・カルペンティエール	寺尾隆吉訳	二八〇〇円
吐き気	オラシオ・カステジャーノス・モヤ	浜田和範訳	二二〇〇円
対岸	フリオ・コルタサル	寺尾隆吉訳	二〇〇〇円
八面体	フリオ・コルタサル	寺尾隆吉訳	二二〇〇円
境界なき土地	ホセ・ドノソ	寺尾隆吉訳	二〇〇〇円
ロリア侯爵夫人の失踪	ホセ・ドノソ	寺尾隆吉訳	二〇〇〇円
夜のみだらな鳥	ホセ・ドノソ	鼓 直訳	三五〇〇円
ガラスの国境	カルロス・フエンテス	寺尾隆吉訳	三〇〇〇円
僕の目で君自身を見ることができたなら	カルロス・フランス	富田広樹訳	四五〇〇円

案内係	フェリスベルト・エルナンデス	浜田和範訳	二八〇〇円
ライオンを殺せ	ホルヘ・イバルグエンゴイティア	寺尾隆吉訳	二五〇〇円
場所	マリオ・レブレーロ	寺尾隆吉訳	二二〇〇円
別れ	ファン・カルロス・オネッティ	寺尾隆吉訳	二〇〇〇円
犬を愛した男	レオナルド・パドゥーラ	寺尾隆吉訳	四〇〇〇円
帝国の動向	フェルナンド・デル・パソ	寺尾隆吉訳	五〇〇〇円
人工呼吸	リカルド・ピグリア	大西 亮訳	二八〇〇円
燃やされた現ナマ	リカルド・ピグリア	大西 亮訳	二八〇〇円
圧力とダイヤモンド	ビルヒリオ・ピニェーラ	山辺 弦訳	二二〇〇円
レオノーラ	エレナ・ポニアトウスカ	富田広樹訳	三五〇〇円
ただ影だけ	セルヒオ・ラミレス	寺尾隆吉訳	二八〇〇円
孤児	ファン・ホセ・サエール	寺尾隆吉訳	二二〇〇円
傷痕	ファン・ホセ・サエール	大西 亮訳	二八〇〇円
グロサ	ファン・ホセ・サエール	浜田和範訳	三〇〇〇円
マイタの物語	マリオ・バルガス・ジョサ	寺尾隆吉訳	二八〇〇円
コスタグアナ秘史	ファン・ガブリエル・バスケス	久野量一訳	二八〇〇円
廃墟の形	ファン・ガブリエル・バスケス	寺尾隆吉訳	三五〇〇円
証人	ファン・ビジョーロ	山辺 弦訳	四〇〇〇円